NA
MI
un voyage à soi

Symbole du mouvement perpétuel de la vie, *Nami* signifie vague en japonais. C'est aussi la maison d'édition qui donne vie à une littérature de l'intime. Une littérature qui nous parle de nos joies, de nos peines, de nos défis et de nos choix.

À travers des romans français, francophones ou étrangers, nous vous invitons à célébrer à nos côtés l'inimitable pouvoir de la littérature et à découvrir des plumes uniques, de nouveaux horizons et des personnages en quête d'eux-mêmes.

LE CAFÉ SECRET DES NUITS DE PLEINE LUNE

BONNES RÉSOLUTIONS

De la même autrice, aux éditions Nami :
Le Café secret des nuits de pleine lune, 2024

Titre original : 満月珈琲店の星詠み～本当の願いごと～ (Mangetsu Kohiten no Hoshiyomi, Honto no Negaigoto) de MOCHIZUKI Mai (texte) et SAKURADA Chihiro (illustrations)

Publié pour la première fois au Japon en 2021 par Bungeishunju Ltd.
Les droits de traduction en langue française ont été négociés avec MOCHIZUKI Mai, SAKURADA Chihiro et Bungeishunju Ltd. par l'intermédiaire de Emily Books Agency LTD., Taiwan, et Casanovas & Lynch Literary Agency, Spain.

Traduit du japonais par Alice Hureau

76, boulevard Pasteur
75015 Paris – France

ISBN : 978-2-487606-07-4
Maquette : Camille Carlos

Nami s'engage pour une fabrication écoresponsable !
Amoureux des livres, nous sommes soucieux de l'impact de notre passion et choisissons nos imprimeurs avec la plus grande attention pour que nos ouvrages soient imprimés sur du papier issu de forêts gérées durablement.

Mai Mochizuki

LE CAFÉ SECRET DES NUITS DE PLEINE LUNE

BONNES RÉSOLUTIONS

Roman

Traduit du japonais par Alice Hureau

NAMI

« Le Café de la pleine lune n'a pas d'adresse fixe.

De temps à autre, il apparaît là où bon lui semble : dans une rue commerçante familière, une gare terminus, au bord d'une rivière calme.

Nous ne prenons pas les commandes des clients.

Nous vous servons un dessert, un plat ou une boisson spécialement concoctés pour vous. »

Le patron, un chat calico géant, souriait-il quelque part, ce soir encore ?

INTRODUCTION

Une moitié de lune flottait dans le ciel. Les nuits où apparaissait le premier quartier se prêtaient idéalement à l'étude.

Le pouvoir de cette demi-lune, dont l'énergie augmentait à mesure qu'approchait le soir de la pleine lune, se transmettait à tous les êtres vivants et jouait un rôle considérable dans les progrès de chacun.

Voilà pourquoi au Café de la pleine lune, nous organisions une réunion dédiée à l'étude pendant la nuit du premier quartier.

Sous sa lueur, à laquelle s'ajoutait une lumière tamisée, la roulotte du café stationnait au beau milieu de la prairie d'un vaste parc. Ce soir-là, des tables étaient installées en éventail et les compagnons s'étaient rassemblés près du patron, un grand chat calico.

Il était à la fois le gérant de ce café et « horoscopiste ».

Par un vent de début d'hiver, le soleil couchant avait teinté le ciel de bleu marine. Ce qui ne gênait pas outre mesure le groupe réuni autour de la roulotte, car les alentours baignaient dans une vague lumière et une certaine chaleur.

Étaient présents ceux qui étaient « connectés » ce soir. Ils avaient beau être les messagers des étoiles, ils manquaient de connaissances, excepté dans le domaine qui les concernait, alors le patron les réunissait parfois pour leur apporter quelque enseignement.

Chacun était assis à une table individuelle, sur laquelle était servie une « limonade du clair de lune ».

Cette boisson garnie de citron gorgé de lumière lunaire était d'une douce amertume rafraîchissant le corps et l'âme. Elle était parfaite pour les personnes éreintées après une rude journée de travail, mais revivifiait aussi les élèves prêts à étudier.

— Cette limonade est de la couleur de mes cheveux.

J'ai porté le verre à mes lèvres avec un petit rire tout en caressant ma chevelure et j'ai levé la main en direction du patron.

— J'ai encore une question…

— Dis-moi, Vénus ?

— Alors que le passage de l'ère des Poissons à celle du Verseau s'est produit vers l'année 2000, pourquoi cette année 2020 a-t-elle connu un bouleversement si brutal ?

Il nous a tous regardés avec un hochement de tête.

— Quelqu'un peut-il répondre à cette question ?

Un jeune homme aux cheveux rouges s'est levé en plaquant ses mains sur la table.

— L'ère des Poissons s'est terminée vers l'an 2000, puis nous sommes entrés dans l'ère du Verseau, mais l'atmosphère de la période précédente a perduré car l'ère de la Terre n'avait pas pris fin. Celle-ci s'est terminée en 2021 – plus exactement, en décembre 2020, laissant place à l'ère de l'Air. On en a senti les conséquences en 2020.

Il s'est réinstallé sur sa chaise.

Son nom, c'était Mars.

Les traits de son visage étaient virils, ses cheveux et ses iris d'un rouge brillant comme le feu.

— Mar', je ne t'aurais pas cru aussi studieux… a chuchoté un jeune homme à la chevelure d'argent, Mercurius.

Sa beauté androgyne était légendaire.

— Tu ne veux pas m'appeler par mon nom entier ? Car ça ressemble trop à ton surnom, Mer', a répondu Mars en dévisageant Mercurius.

— C'est vrai ! a-t-il répondu en riant.

Le patron, qui suivait leur échange avec bonne humeur, a souri.

— Mars, tu as raison, a-t-il dit en revenant à leur discussion. À partir du XIXe siècle et pendant deux cents ans, ce monde se trouvait dans l'ère de la Terre.

J'ai froncé les sourcils, comprenant encore moins ce dont il s'agissait.

— Euh… L'ère des Poissons a commencé à la naissance de Jésus-Christ et a duré deux millénaires, c'est bien ça ? Alors c'est quoi cette histoire d'ère de la Terre et de l'Air ? ai-je demandé, déboussolée.

— Hein ? T'en es là, toi ? Alors que tu donnes toujours des conseils aux clients en véritable Mme Je-sais-tout ? s'est étonné Mercurius, assis à la table voisine.

— Je m'y connais plutôt bien en horoscope, comme les spécificités des maisons et celles des planètes. Je me sens telle une prêtresse shinto qui reçoit des messages et les relaie…

— En suivant ton instinct ?

— Ce n'est pas mon instinct ! Je transmets les volontés de l'univers, ai-je protesté avant de me recroqueviller, mal à l'aise.

— Mais bien sûr… a soupiré Mercurius.

Pour son éternelle impertinence, Mars lui a décoché un regard acéré.

— Vénus est la planète de la sensibilité. Montre-lui plus de respect.

— Ouais, a répondu Mercurius d'un air indifférent.

— Je poursuis, a repris le patron en saisissant sa montre.

C'était une montre ordinaire dotée de quelques fonctionnalités spéciales.

Les signes des Poissons et du Verseau ont été projetés dans le ciel nocturne.

— Comme tu l'as si bien dit, Mars, l'ère des Poissons a perduré deux millénaires, jusqu'en 2000. À présent, nous sommes dans l'ère du Verseau. Pourquoi ce signe ? Parce que le point vernal a glissé du signe des Poissons vers le signe du Verseau.

— Le point vernal…

J'ai acquiescé sans vraiment saisir.

— Lors des changements de saison, on modifie sa tenue et son comportement, n'est-ce pas ? a continué le patron. On peut dire qu'on change de façon de vivre. Eh bien, quand on passe d'une ère à une autre, certains paramètres évoluent de la même façon.

J'ai gardé mes questionnements pour moi et l'ai écouté attentivement.

Il a expliqué que jusqu'à présent, l'ère des Poissons avait connu l'alternance des quatre éléments – le Feu, la Terre, l'Air et l'Eau.

Le passage d'un élément à l'autre, « la mutation », avait lieu tous les deux siècles et évoluait de la manière suivante :

Elle débutait par le Feu, associé aux signes du Bélier, du Lion et du Sagittaire.

Elle se poursuivait avec la Terre, comprenant les signes du Taureau, de la Vierge et du Capricorne.

Puis elle atteignait son paroxysme avec l'Air, qui incluait les signes des Gémeaux, de la Balance et du Verseau.

Enfin, elle se terminait avec l'Eau, qui était liée aux signes du Cancer, du Scorpion et des Poissons.

— Cela se produit parce que… a commencé le patron en se déplaçant d'un pas rapide.

Il a posé une patte sur l'épaule d'un homme intelligent d'âge moyen, en costume, Saturnus, et la seconde sur celle d'une femme du même âge, joufflue et amène, Jupiter.

— Saturne et Jupiter sont deux planètes qui influencent fortement la société. Elles se croisent tous les vingt ans, ce phénomène est appelé « la grande conjonction ».

Une conjonction était un terme astrologique qui signifiait « réunion ».

Tout en hochant la tête, j'ai inscrit « grande conjonction » sur mon cahier de notes.

— Tous les vingt ans, Sat' et Jupiter sont collés l'un à l'autre, c'est ça ?

— Je n'apprécie pas ta formulation… a râlé Saturnus d'un air renfrogné.

— Ce n'est pas bien grave ! s'est amusée Jupiter.

— Exactement, a approuvé le patron. Cette conjonction se produit tous les vingt ans, mais le lieu de leur intersection varie tous les deux siècles. Par exemple, cela peut passer d'un endroit lié à l'élément Feu à un autre lié à la Terre. Entre le XIXe siècle et 2020, ils se sont croisés dans l'élément Terre en Taureau, en Vierge, en Capricorne. Cependant…

Il a pressé à deux reprises le bouton de sa montre à gousset.

— Fin décembre 2020, ils se sont rencontrés en Verseau, dans l'élément Air. Pendant environ deux siècles, ils se croiseront dans les signes qui y sont associés, à savoir les Gémeaux, la Balance, le Verseau.

À cet instant, sa montre s'est éclairée et deux croquis ont été projetés dans le ciel.

Les idées plus claires, je me suis levée.

— Je vois. Pour résumer... Ah, je vais comparer avec un sujet qui m'est cher, le théâtre, ai-je dit en préambule, avant d'exposer les faits tels que je les avais synthétisés dans ma tête.

De l'an 0 jusqu'à l'an 2000, une pièce sur les Poissons se déroulait sur scène.

Tandis que leur histoire se développait, ils étaient successivement sous les projecteurs du Feu, de la Terre, de l'Air, puis de l'Eau, en fonction de la mise en scène.

Sur les mêmes planches, un simple changement d'éclairage modifiait l'ambiance.

Pendant les deux derniers siècles, les projecteurs de l'élément Terre avaient été braqués sur la pièce des Poissons, qui s'était achevée sous cette lumière.

Le rideau était tombé, et même si la pièce suivante, celle du Verseau, avait commencé, les projecteurs étaient restés ceux de l'élément Terre.

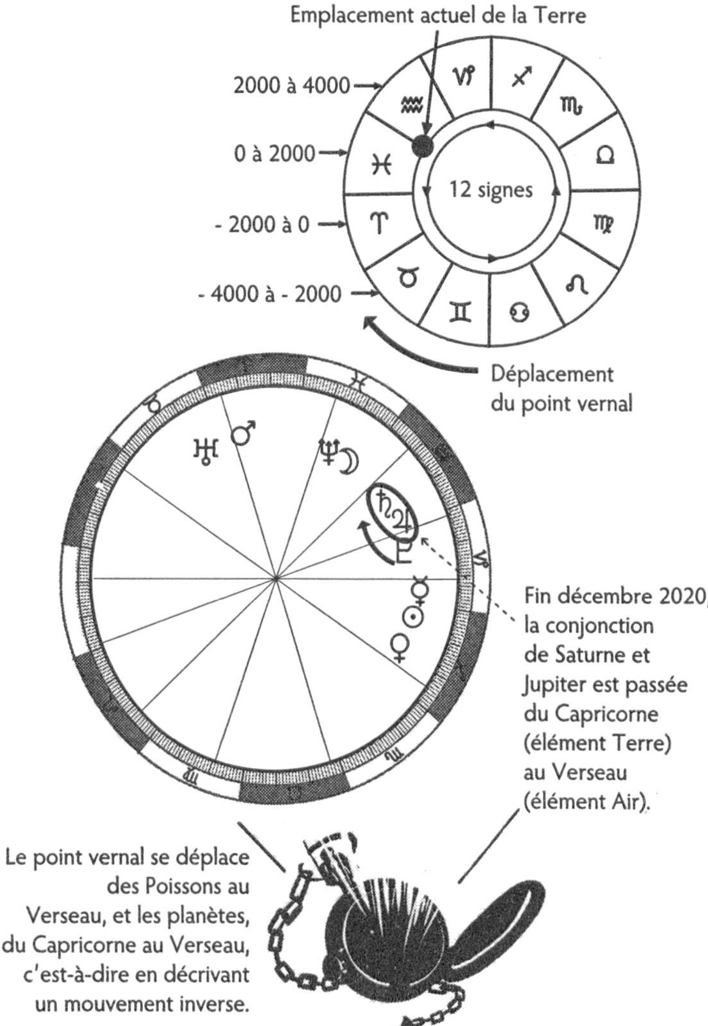
Emplacement actuel de la Terre
2000 à 4000
0 à 2000
- 2000 à 0
- 4000 à - 2000
12 signes
Déplacement
du point vernal
Fin décembre 2020,
la conjonction
de Saturne et
Jupiter est passée
du Capricorne
(élément Terre)
au Verseau
(élément Air).
Le point vernal se déplace
des Poissons au
Verseau, et les planètes,
du Capricorne au Verseau,
c'est-à-dire en décrivant
un mouvement inverse.

Le public avait eu du mal à remarquer qu'il s'agissait d'une nouvelle pièce, car l'atmosphère sur scène était restée la même. Mais à la fin du mois de décembre 2020, les projecteurs avaient finalement changé.

Étaient arrivés ceux de l'Air, et les spectateurs avaient enfin compris que la pièce était nouvelle.

— Ainsi, grâce aux projecteurs de l'Air, la scène a entièrement été dédiée au Verseau.

Le patron a joyeusement dodeliné de la tête.

— Si nous gardons ta comparaison, nous pouvons dire que l'année 2020 dans sa totalité, juste avant que les projecteurs de l'Air ne soient braqués sur le Verseau, était une période de passage de relais. Les changements de caractéristiques d'une époque induisent des modifications dans la structure de la société. Pour cette raison, des événements qui allaient à l'encontre du bon sens se sont succédé. Et même si la nouvelle ère a débuté depuis plusieurs années, le monde reste légèrement perturbé. En tant que messagers des étoiles, j'aimerais que nous guidions un tant soit peu les humains en perte de repères, que nous devenions la lumière qui éclaire leur chemin.

Nous avons acquiescé en silence.

— Le mois de décembre approche. C'est une saison spéciale à leurs yeux. Comme l'an passé, je pense ouvrir exceptionnellement le Café de la pleine lune pour le réveillon de Noël.

Aussitôt, nos visages se sont illuminés.

En temps normal, notre café ouvrait les soirs de pleine ou de nouvelle lune.

Mais tous les ans, nous étions ouverts pour le réveillon de Noël, quelle que soit la phase de la Lune.

— Cette année encore, organisons une fête après le service, ai-je proposé.

— Oui, la fête de fin d'année, a renchéri Jupiter.

Loin de partager notre excitation, Mercurius a haussé les épaules.

— Autant appeler ça le réveillon de Noël…

Seul Saturnus affichait son air flegmatique habituel. Même si son visage montrait qu'il se fichait éperdument d'une fête, comme il était loyal, il y participerait sans faute, cette fois encore.

Le patron nous a observés, la mine réjouie, et son sourire s'est élargi davantage. Ses yeux déjà fins se sont plissés.

— De plus, en cette fin d'année, il semblerait que nous puissions accomplir sa requête à *lui* ainsi que sa demande à *elle*.

Ses paroles m'ont laissée dubitative, car j'ignorais de qui il parlait.

— Ah ! s'est exclamée Luna, qui avait de toute évidence compris ses allusions. *Elle*, ça remonte à vingt et un ans, n'est-ce pas ?

— Quoi ? Que s'est-il passé à l'époque ?

— Elle était mon amie. Elle m'a adressé un souhait avant sa mort… Oui, c'est pour bientôt.

— Parfaitement, a répondu le patron. Quant à *lui*, sa demande date d'il y a quatorze ans. Chose étonnante, dans les deux cas, il s'agit de multiples de sept.

Ouranos a éclaté de rire, la main posée sur son menton.

— Vous dites ça, patron, mais ça n'a rien d'étonnant, car sept et ses multiples sont des nombres hyper liés au cosmos.

— Et toi, Ouranos, tu changes de signe astrologique tous les sept ans, a ajouté Mercurius.

— Ouais, et tonton Saturne impose des épreuves tous les sept ans.

— « Tonton Saturne »… Je me tue à le répéter, il ne s'agit pas d'« épreuves » mais de « désagréments » ! a protesté Saturnus.

— En fonction des vies, les désagréments sont des épreuves, tu sais !

Le patron a calmé nos chamailleries.

— Allez, allez, revenons au sujet qui nous intéresse. Je vous expliquerai plus tard les détails de ces requêtes, mais étant donné les circonstances, cette année, nous ouvrirons plus souvent en décembre, pas seulement pour Noël. Merci par avance pour votre coopération.

— D'accord, avons-nous répondu d'une même voix.

— J'ignore de quoi vous parlez, mais je ferai le maximum, ai-je affirmé, les poings serrés.

Mercurius m'a jeté un regard glacial.

— C'est bien beau de vouloir se donner à fond, Vén', mais tu es vraiment sûre que tu le pourras ?

— Pardon ?

— Tu ne connais même pas les bases de l'astrologie. Tu n'as pas étudié ?

Il n'avait pas tort. J'ai fait profil bas.

— Comme Mars l'a dit tout à l'heure, je suis plutôt du genre à utiliser ma sensibilité... Et d'abord, j'ai plus de facilités au tarot qu'à l'étude des planètes... me suis-je justifiée.

Jupiter, installée à la table voisine, a ricané.

Avec ses longs cheveux châtains et ondulés, on aurait vraiment dit une chanteuse de jazz.

— Mars nous a déjà expliqué que Vén' travaille en s'amusant et en utilisant sa sensibilité, a-t-elle dit pour ma défense. Rien à voir avec toi, Mercurius, qui adore étudier.

— Ah, Jupiter !

Je me suis levée et je me suis jetée sur elle pour la prendre dans mes bras.

— C'est ton bon côté, Vén'.

— Merci. Oui, j'adore m'amuser et j'aimerais qu'on ouvre dans un endroit plus attrayant.

— Bonne idée. Nous sommes en hiver, un lieu avec de belles illuminations de Noël serait l'idéal.

Saturnus nous a jeté un regard effaré avant de pousser un soupir. Aussi contrarié que d'habitude, il a réajusté ses lunettes.

— Franchement, Jupiter, tu es toujours trop gentille avec elle.

— Parce qu'on s'entend bien.

— C'est vrai ! ai-je soutenu.

Face à notre camaraderie, Saturnus et Mercurius ont échangé un regard dépité.

— Il n'y a rien de mal à bien s'entendre ! nous a défendues Mars.

C'était un jeune adulte, mais il avait conservé un côté enfantin. Malgré son ton brusque, il me soutenait toujours.

J'ai relevé la tête, désireuse de me faire bien voir.

— Au fait, patron, puisque l'ère du Verseau va durer une éternité, avez-vous un conseil pour bien vivre pendant cette période ?

— Hmm, a-t-il marmonné, plongé dans sa réflexion. Le plus important est de se connaître soi-même.

Tout le monde a acquiescé.

— Analyser attentivement son thème astral et connaître son tempérament simplifie la vie, a ajouté Mercurius.

— Ça, je le sais, ai-je répondu, mais n'existe-t-il pas une manière de rendre cela plus abordable ? En tant que modeste apprentie en astrologie, de temps en temps, je donne des conseils aux humains, mais quand on leur parle de « thème astral » et de « caractéristiques », ils se plaignent souvent de ne rien y comprendre.

— Il serait bon de leur transmettre tous les désagréments qui les concernent, a répondu Saturnus.

— Par « désagréments », tu entends des « épreuves », non ? Ça ne m'intéresse pas, c'est déprimant.

Agacée, je lui ai tourné le dos.

— « Déprimant »…

Les yeux ronds, Saturnus n'a rien répliqué.

Les autres se sont mis à rire en nous écoutant.

Luna, une femme magnifique aux cheveux noirs et raides, a elle aussi pouffé de rire.

— Afin de se connaître soi-même, il faut commencer par s'informer de la position de la Lune sur son thème astral, a-t-elle murmuré.

Sa voix, si puissante en chant lyrique, s'avérait particulièrement fluette au quotidien.

— La position de la Lune… ai-je noté avant de repenser à une femme que j'avais rencontrée par le passé. Tiens, il me semble que sur le thème astral de Mme Serikawa*, la Lune était en Maison IV, qui signifie le foyer.

— Oui, a dit Luna. Les Maisons ont leur importance, mais les astres également.

— Tu parles du signe lunaire ?

J'ai inscrit « Importance du signe lunaire ».

— La meilleure manière de se connaître soi-même de manière plaisante… a commencé le patron.

À ces mots, j'ai eu l'impression que la lumière de la lune s'intensifiait. Elle était arrivée au zénith.

Peut-être était-ce pour cela que nous avons tous repris forme féline.

---

* Voir *Le Café secret des nuits de pleine lune* (éditions Nami), chapitre 1. (Toutes les notes sont de la traductrice.)

Luna en chat noir, Mercurius en siamois, Mars en abyssin, Jupiter en maine coon, Saturnus en chat noir et blanc, Ouranos en singapura, et moi, en persan blanc.

La lumière de la lune se reflétant dans nos iris, nos regards se sont tournés vers le patron.

Ses paroles m'avaient laissée sceptique.

— Quoi, vraiment ? Ce n'est pas quelque chose que tout le monde sait déjà ?

À mon insu, Luna s'est approchée de moi.

— Beaucoup pensent en avoir conscience, mais l'ignorent en vérité, car il demeure au fond d'eux-mêmes, a-t-elle murmuré avec douceur.

— Ah ? ai-je dit, étonnée, et elle a confirmé d'un signe de tête.

— C'est la métaphore de la grotte céleste*, a ajouté Jupiter avec un sourire.

— Je vois, ai-je soufflé.

Alors, le patron s'est exprimé en ces mots :

* Il est ici fait référence à *Ama no iwato*, la « grotte céleste » où la déesse du Soleil Amaterasu s'est réfugiée pour se protéger de son frère, privant le monde entier de lumière solaire. Pour l'inciter à en sortir, les dieux organisent une fête, et Amaterasu, attirée par le bruit, sort de la grotte. Elle s'observe alors dans un miroir placé là par les dieux et reste obnubilée par son propre reflet. Les dieux en profitent pour la faire sortir, puis ils bouchent l'entrée de la grotte, afin qu'Amaterasu reste en extérieur et permette au soleil de rayonner à nouveau.

— La meilleure manière de se connaître soi-même de manière plaisante, c'est de découvrir son *désir profond.*

PROLOGUE

Nous étions en plein été indien.

Le parc *Banpaku kinen koen*, dans la ville de Tsukuba, était noir de monde pour « la Fête des récoltes ».

Sur place, s'alignaient des stands de produits locaux – steaks de bœuf Hitachi, chips de racine de lotus ou encore tranches de patate douce séchée –, et un orchestre étranger interprétait une joyeuse mélodie.

C'était un quartet composé d'une femme blonde et d'un jeune homme à la chevelure argentée au violon, d'un jeune à la coiffure rouge à l'alto et d'une femme aux cheveux noirs et raides au violoncelle.

En plus de centres de recherche éducatifs et gouvernementaux, la ville de Tsukuba possédait de nombreuses entreprises réputées et les chercheurs étrangers n'y étaient pas rares. Les visiteurs ne s'étonnaient donc guère de la présence d'un orchestre étranger.

Pourtant, celui-ci était singulier. Leurs allures resplendissantes pareilles à des stars hollywoodiennes attiraient le regard.

Seul le chef d'orchestre semblait japonais.

C'était un homme d'âge moyen aux cheveux noirs, vêtu d'un costume. L'air revêche, il manipulait sa baguette.

— Il paraît sévère… Il est probablement fâché… ai-je lâché, et ma fille âgée de bientôt sept ans, qui se tenait à mes côtés, m'a contredit.

— Ce n'est qu'une apparence, car en vrai, il est content et s'amuse énormément, m'a-t-elle répondu d'une voix assez forte.

Ayant visiblement entendu ses paroles, le chef d'orchestre a souri avec gêne et paraissait troublé, tandis que l'orchestre poursuivait son interprétation.

J'ai incliné la tête à maintes reprises pour lui présenter mes excuses et j'ai voulu partir, comme pour prendre la fuite.

Mais il s'est tourné vers ma fille et l'a saluée d'un geste de la main.

Bien que nous ne nous soyons jamais vus, j'ai eu le sentiment qu'il nous regardait comme si nous étions importantes à ses yeux. Ça m'a mis du baume au cœur.

— Tu vois, il est gentil !

— C'est vrai, ai-je admis.

Ma fille Ayu était spéciale.

Nous en avions encore eu la preuve récemment.

De temps en temps, un homme assez âgé s'asseyait sur un banc, dans le parc en face de chez nous. Il semblait constamment en colère. Même quand nous le saluions, il ne se départait pas de son air mécontent.

Je le détestais.

Il me rappelait mon père, avec qui j'avais rompu toute relation.

Dès que mon père, taciturne et bourru, ouvrait la bouche, c'était pour nous crier dessus. Notre famille avait explosé par sa faute.

L'homme du parc était sûrement du même acabit.

Mais pourquoi venir ici quand on détestait les enfants ?

Un jour où j'avais cessé de le saluer pour me contenter d'un signe de tête forcé, Ayu s'était postée face à lui pour lui claironner « Bonjour ! » d'un ton guilleret.

L'homme ne lui avait répondu que par son air mauvais habituel. Une attitude indigne envers un enfant qui vous salue.

— Ayu, n'y prête pas attention, avais-je murmuré à ma fille, agacée par tant d'impolitesse.

— À quoi ?

— Il ne t'a pas saluée en retour, avais-je répondu, même si je trouvais cela difficile à dire.

Ma fille avait vivement secoué la tête.

— C'est juste qu'il parle si bas que tu n'as rien entendu. Il m'a bien dit bonjour.

— Tu l'as entendu clairement ?

— Non, il a marmonné. Il doit être timide.

J'en doutais fort.

Mais alors que nous faisions demi-tour pour rentrer à la maison, il était venu à nous, et sans un mot, il avait tendu un bonbon à ma fille. Non, il n'avait pas gardé le silence. Il avait bel et bien marmonné quelque chose.

Ayu m'avait regardée pour savoir si elle pouvait prendre le bonbon.

J'avais accepté.

— Merci monsieur, avait-elle dit.

À la vue du sourire radieux de ma fille, les commissures des lèvres de l'homme s'étaient relevées lentement.

De le voir ainsi, j'avais compris qu'il était réservé et seulement maladroit, ainsi que l'avait senti Ayu.

Peut-être que mon père était comme ça, lui aussi…

Non, ça ne risque pas !

J'avais ri en caressant la petite tête de ma fille.

Ayu avait cette étrange capacité.

Elle percevait le tempérament d'une personne au premier regard.

— Ah, c'est Papa ! s'est-elle écriée.

J'ai repris mes esprits et baissé les yeux vers elle.

À distance de la foire grouillante de monde, se trouvait mon mari. Le visage souriant, il nous adressait de grands signes de la main en criant mon nom.

— Junko !

Lui qui autrefois était un beau jeune homme photogénique était désormais un bel homme entre deux âges.

— Sans surprise, Satomi a trop de travail, elle ne peut pas venir.

Satomi était sa petite sœur, donc ma belle-sœur. Je m'étais éloignée de ma famille et j'avais toujours voulu avoir une petite sœur, si bien que je l'aimais comme si elle était de mon propre sang.

— Mince, c'est dommage, elle qui a pourtant participé à l'organisation de cette fête.

— Pour elle, ce n'est qu'un projet de plus.

Satomi était employée par une agence de publicité, dont elle gérait l'événementiel.

Elle avait quitté notre préfecture, Ibaraki, et travaillait d'arrache-pied dans un bureau tokyoïte du quartier de Shibuya.

— Oh, elle ne viendra pas ? a regretté Ayu avec une moue de déception.

Ma fille affectionnait profondément sa tante.

— C'est trop bête, hein ?

— Ayu, voilà ce sur quoi Satomi a travaillé, a déclaré mon mari en désignant la place sur laquelle se trouvaient des rangées de cages.

— Des chiens ! s'est réjouie Ayu, les yeux brillants.

— En effet, ai-je répondu la main en visière.

— Plein de chiens et de chats !

Dans les cages, les animaux semblaient inquiets.

Circonspecte, je me suis demandé ce qu'ils faisaient là, quand un panneau m'a donné la réponse : « Foire aux chiens et aux chats – Venez les adopter ! »

— C'est une foire.

— Oui, a dit mon mari. Satomi voulait réduire ne serait-ce qu'un peu le nombre d'animaux euthanasiés dans les centres d'accueil temporaire, et comme elle ne vit pas dans un environnement lui permettant d'adopter, elle souhaitait au moins faire le lien avec des familles.

Près des cages se tenaient deux personnes, l'une déguisée en animal et l'autre, une femme à l'air aimable. Celle-ci rassurait les animaux terrifiés en leur susurrant des paroles apaisantes.

— On peut aller voir ? a demandé Ayu en me tirant par la main.

Je n'étais pas vraiment motivée.

— Si tu veux, mais on ne peut pas en adopter. C'est une lourde responsabilité.

Sauver des chiens et des chats était une mission cruciale, mais en adopter ne devait pas être pris à la légère.

Cela m'a rappelé un souvenir datant de l'école primaire.

Nous habitions à Kamakura.

J'étais rentrée de l'école en courant le long de la ligne Enoden, le chemin de fer électrique d'Enoshima, et en arrivant à la maison, j'avais crié à ma mère :

— Une de mes amies vient d'avoir des chiots ! Ils leur cherchent des familles. On peut en adopter un ?

Alors, mon petit frère, qui était déjà rentré, avait accouru.

— Moi aussi, je veux un chien !

Et tous les deux, nous avions scandé « On veut un chien ! On veut un chien ! » en promettant l'impossible : « On le sortira tous les jours, matin et soir. On s'occupera de tout pour la nourriture. On fera bien nos devoirs et on aidera aux tâches ménagères. On sera des enfants modèles ! »

Nous avions supplié ma mère comme des enfants gâtés, en larmes, jusqu'à ce qu'elle cède.

Notre chienne était d'une race croisée proche du shiba, avec d'adorables yeux ronds.

Elle était si douce et si gentille, mon frère et moi en étions fous.

Malgré tout…

Les promenades, la nourriture, les devoirs, l'aide aux tâches ménagères et les enfants modèles, ça n'avait tenu qu'un temps.

Ensuite, c'était ma mère qui s'en était occupée, là où nous nous contentions de jouer avec elle.

Quand mon père, qui s'était opposé à l'adoption, fulminait : « Vous n'avez pas de parole ! », nous nous empressions d'être aux petits soins pour elle, mais ça ne durait jamais longtemps.

Notre chienne adorée était morte de sa belle mort l'hiver de l'année où j'étais entrée dans le monde du travail.

Comme je voulais quitter la maison au plus vite, j'avais vécu en résidence universitaire durant mes études, puis une fois salariée, j'avais habité seule à Tokyo.

Je n'oublierais jamais le choc que j'avais éprouvé lorsque ma mère m'avait annoncé que notre chien allait mourir.

Pour moi, sa présence à la maison était évidente, elle faisait partie de la famille.

Après son décès, je me mettais à pleurer dès que je pensais à elle.

C'est là que je m'étais juré de ne plus jamais adopter aucun animal de compagnie.

J'ai donc répondu à ma fille :

— Entendu, mais… mais on va juste regarder…

— D'accord, d'accord, a-t-elle dit en s'élançant vers les cages.

À l'instant où elle a aperçu Ayu, l'employée a souri.

— Bonjour ! Patron, une adorable cliente est venue à nous.

C'était une femme d'origine étrangère avec de l'embonpoint à qui j'aurais donné une quarantaine d'années. Ses longs cheveux châtains et ondulés étaient noués en une queue-de-cheval. Elle portait un tablier blanc à volants sur une robe beige, la tenue parfaite d'une femme qui s'apprête à concocter des cookies ou une tarte.

Le personnage déguisé en peluche qu'elle avait appelé « patron » s'est retourné.

Il était déguisé en chat tricolore. Il était si grand que ce devait être un homme. Ce costume était très réaliste : les technologies actuelles faisaient des progrès phénoménaux. Il portait une cravate sur sa chemise blanche, ainsi qu'un tablier noir.

Lorsqu'il nous a vus, ses yeux dissimulés derrière ses lunettes se sont plissés de contentement.

— Bonjour et bienvenue.

— Bonjour ! s'est exclamée Ayu avec énergie avant d'examiner les cages.

Les chiens et chats, jusque-là apeurés, se sont levés les yeux pleins d'espoir.

— Ils sont tous heureux de te voir.

Ayu a parcouru les cages du regard, puis elle s'est accroupie face à un corniaud déjà assez âgé.

Ses yeux ronds étaient braqués sur Ayu.

— J'aimerais bien qu'il rentre à la maison avec nous.

— Moi aussi, je rêve d'avoir un chien depuis mon enfance, a renchéri mon mari.

— Si tu t'y mets aussi…

J'ai plaqué la main sur mon front, contrariée.

— Si on le prend, je n'aurai pas besoin de cadeau d'anniversaire ni de cadeau de Noël, a déclaré ma fille.

— Oh, c'est remarquable, Ayu, a commenté mon mari.

— Toi, n'en rajoute pas !

— Bon, bon, a-t-il dit avant de se taire.

— Pourquoi ce chien en particulier ?

Il y avait ici des animaux plus petits, plus mignons. Celui-ci devait être le plus misérable d'entre tous.

— Parce que c'est celui qui se sent le plus seul.

— Ayu… Aaah…

J'ai secoué la tête, avant de reprendre :

— Adopter un animal est une lourde responsabilité. Sa vie est entre nos mains.

— Vraiment ? Alors c'est comme le travail d'un dieu, a-t-elle affirmé avec un rire insouciant.

— C'est puissant ce que tu dis, a répliqué mon mari, admiratif.

Je n'ai rien trouvé à répondre.

Ces paroles étaient peut-être celles d'une jeune enfant qui ignorait ce qui l'attendait, mais elles m'ont frappée de plein fouet.

Le travail d'un dieu…

Je me suis accroupie lentement et j'ai fixé le chien à l'intérieur de la cage.

— Il est déjà grand, mais il est très câlin. Vous voulez le prendre dans vos bras ? a demandé le patron.

Sans attendre ma réponse, il a libéré le chien et l'a attrapé doucement. Ses gestes mêlaient délicatesse et précaution, chose surprenante de la part d'une personne sous un tel accoutrement.

— Tenez, a-t-il dit en me le tendant.

Déconcertée, je l'ai serré dans mes bras.

J'ai ressenti la douceur de son pelage, sa chaleur et les battements de son cœur.

Ces sensations m'ont aussitôt rappelé ma chienne.

J'avais fait un caprice pour qu'on l'adopte, puis j'avais laissé ma mère s'occuper d'elle.

Au bord des larmes, j'ai câliné le chien avec force.

— … Tu as raison. Avoir la charge d'une vie est comme le travail d'un dieu, ai-je marmonné.

— Oui, hein ? a répliqué Ayu avec le sourire.

J'ai baissé les yeux vers le chien.

Comme moi quand j'étais enfant, ma fille prendrait soin de lui au début, puis j'endosserai ce rôle.

Mais peut-être était-ce le destin.

Mon mari a posé la main sur mon épaule.

Bien malgré moi, j'ai hoché la tête à l'intention du patron.

— Nous souhaitons adopter celui-ci. Est-ce possible ?

Je l'avais pressenti. Dès que ma fille m'avait tirée par la main pour aller observer les animaux...

Je savais que ça finirait ainsi.

Ses cris de joie, les bras en l'air, et l'attitude du chien qui agitait la queue de bonheur, comme s'il savait, m'ont fait me demander si j'avais pris la bonne décision.

— Merci. Je pense qu'il est tout aussi ravi que vous de rejoindre votre famille. Si cela vous intéresse, je peux vous en dire plus, alors pourquoi ne prendriez-vous pas quelque chose à boire par là-bas ? a proposé le patron en jetant un regard vers le fond de la place.

Il y avait là une roulotte ornée d'un motif de pleine lune, sûrement son logo. Devant le véhicule, un panneau annonçait « Café de la pleine lune ».

— C'est un café ambulant ?

— Tout à fait, a-t-il répondu. Je vais vous servir un café spécialement concocté pour vous.

— C'est rare que tu serves un café à une si jeune personne ! a lancé la femme joufflue à côté de lui d'un air stupéfait.

Ces paroles m'ont surprise, car je n'étais plus toute jeune.

— Oui, car aujourd'hui, je suis reconnaissant envers le destin. Et parfois, je le sers en guise d'encouragement pour l'avenir.

Sous-entendait-il notre vie future avec le chien ?

— Nous nous reverrons bientôt. Quand le moment sera venu, je serai heureux de vous servir un plat ou une boisson rien que pour vous.

— Bientôt ? me suis-je étonnée, mais j'en ai déduit que cela signifiait que nous nous reverrions au moment de récupérer le chien.

— Parfaitement.

Impatiente, j'ai incliné la tête respectueusement.

— Suivez-moi. Votre mari aura un café au lait et votre fille, un chocolat chaud.

— Impeccable ! s'est réjoui mon mari. Ces derniers temps, j'ai des maux d'estomac, alors je préfère un café au lait au café noir.

— Moi, j'adore le chocolat chaud ! a répliqué Ayu.

Main dans la main, nous nous sommes dirigés vers le Café de la pleine lune.

CHAPITRE 1

Fondue au fromage du Cancer et pomme d'amour du Sagittaire

1

— Me voilà dans de beaux draps…

Installée dans un coin du bureau bruyant, j'ai soupiré, mon smartphone à la main.

Je venais de prendre conscience en regardant le calendrier que nous étions déjà début décembre.

Pourtant, l'automne ne me semblait pas si loin.

— À ce rythme-là, Noël va arriver à grands pas. Que vais-je faire… ai-je soufflé, piquant ainsi la curiosité de ma voisine de bureau.

— Que se passe-t-il, madame Ichihara ? Encore un sujet épineux ?

Cette question était posée d'un ton inquiet par Koyuki Suzumiya, une jeune intérimaire de mon équipe venue nous prêter main-forte pour l'année en cours.

J'admirais sa constante sollicitude pour son entourage.

— Merci, mais ça n'a rien à voir avec le travail, c'est personnel.

Apparemment soulagée, elle m'a souri.

— Avec Noël qui approche, j'imagine que les hommes se pressent pour passer le réveillon avec vous ?

J'ai éclaté de rire.

— Franchement, ça ne risque pas ! Enfin, c'est bien une histoire de réveillon de Noël, mais il s'agit de mon petit ami.

J'ai fixé mon téléphone posé sur mon bureau.

L'écran affichait toujours son message.

« *Je veux absolument passer le réveillon de Noël avec toi, Satomi, alors j'aimerais que tu te libères, même tard le soir.* »

Satomi, c'était moi.

Koyuki avait dû lire le message.

— La veille de Noël est un moment chargé dans notre profession. Il a beau vouloir vous voir, c'est délicat.

— Exactement, ai-je répondu en soupirant à nouveau.

Je travaillais pour une agence publicitaire, et en tant que chargée de l'événementiel, le 24 décembre n'était pas le jour idéal pour sortir en compagnie de mon petit ami, mais au contraire une intense journée de travail. Et il le savait très bien.

— Il ne semble pas dérangé par un dîner tardif, alors pourquoi pas ?

— Oui, mais…

Mais ce message laissait transparaître une forte détermination.

Nous étions en couple depuis l'université, voilà bientôt sept ans.

S'il m'écrivait : « Je veux absolument passer le réveillon de Noël avec toi […] même tard le soir »… C'était clairement pour me demander en mariage. Raison pour laquelle j'étais bien embêtée. Je me suis pris la tête entre les mains.

— Qu'est-ce qui vous pose problème ? a demandé Koyuki, perplexe. C'est une bonne nouvelle que votre petit ami de longue date vous demande en mariage, non ?

— Je ne veux pas encore me marier. J'aime trop ma vie actuelle.

Pivotant sur ma chaise, j'ai regardé par la fenêtre.

Mon lieu de travail se trouvait dans un bâtiment accolé à la gare de Shibuya. J'habitais un appartement à Ebisu, et les jours de beau temps, je me rendais au bureau en VTT. Une vie de rêve pour les citadins.

— Votre petit ami est bien la personne avec qui vous êtes allée à l'université de Tsukuba ?

— Oui, et il y enseigne actuellement.

— Mais c'est génial ! s'est-elle exclamée en joignant les mains.

— C'est ce qui me chiffonne…

J'étais originaire de Tsukuba, dans la préfecture d'Ibaraki.

On disait de son université que de nombreux couples vivaient en concubinage et se mariaient après l'obtention de leur diplôme. Mais ce n'étaient là que des rumeurs locales.

D'autres raillaient : « Il n'y a rien à faire à la campagne, alors les gens se marient pour tuer l'ennui », ce qui ne reflétait pas forcément la vérité. Ibaraki figurait toujours en bas de classement des préfectures les plus attrayantes, or dans les faits, la vie y était très agréable.

Même l'épouse de mon grand frère, originaire de Kamakura, considérait que c'était un lieu de vie idéal.

Tsukuba, en particulier, était une ville universitaire dotée de nombreux instituts de recherche de grandes entreprises. C'était une belle agglomération pourvue de vastes parcs, ainsi que d'une quantité de cafés et de magasins chics et internationaux. Un environnement optimal pour fonder une famille, ce pourquoi beaucoup de jeunes couples venaient s'y installer.

Mais moi qui avais toujours rêvé de vivre à Tokyo, cela ne m'intéressait pas.

Mon petit ami ne quitterait pas son poste à l'université. Si je l'épousais, je devrais faire le trajet entre Tsukuba et la capitale.

Il existait bien une succursale de mon entreprise à Tsukuba. Ma demande de mutation serait sûrement acceptée. Passer d'une succursale provinciale au siège social tokyoïte était ardu, mais pas l'inverse. Cela me permettrait de me rapprocher de mes parents, qui seraient enchantés, alors c'était peut-être la solution, mais j'avais fait tant d'efforts pour me créer la vie que je menais à présent.

J'avais sans doute une conception de l'existence un peu désuète, mais comme j'avais été nourrie aux séries télévisées de la fin des années 1980, j'avais toujours rêvé d'être une femme indépendante qui travaillait dur à la capitale.

Je ne voulais pas abandonner cette vie.

— Avant de penser à une mutation, vous pouvez peut-être commencer par faire l'aller-retour et y réfléchir plus tard ? Un train rapide relie Tsukuba et Tokyo, non ? J'ai oublié son nom.

— Le Tsukuba Express.

— Oui, le trajet depuis Akihabara dure quarante-cinq minutes.

— Quand bien même, ai-je dit en souriant d'un air embarrassé.

— Sinon, vous pouvez vivre séparément, a-t-elle ajouté le doigt levé.

— Je préfère encore notre situation actuelle, qui ne m'oblige pas à m'épuiser dans les transports, ai-je objecté.

— Peut-être. Votre ami est originaire de Tsukuba ?

— Sa famille est de Tokyo. Mais il détestait tellement cette vie tumultueuse qu'il a choisi Tsukuba. Tout le contraire de moi.

« J'aime cette ville verdoyante », répétait-il inlassablement, alors je pensais qu'il reviendrait quand même chercher du travail à la capitale.

Jamais je n'aurais imaginé qu'il resterait à l'université… Mais c'était son caractère : calme, gentil et chaleureux. Je comprenais aussi que la vie citadine ne lui convienne pas, et moi, je l'aimais tel qu'il était.

Les moments passés en sa compagnie m'étaient précieux. Je ne souhaitais pas me marier, mais je ne voulais pas qu'on se sépare. Surtout pas. Cependant, refuser sa demande risquait de nous conduire à la rupture. Voilà pourquoi j'étais dans de beaux draps.

Peut-être étais-je au carrefour de ma vie, ce moment charnière où je devais choisir entre le mariage et le travail.

À cet instant, mon téléphone a vibré. J'ai sursauté. Et si c'était lui ?

J'ai jeté un œil avec crainte et vu le nom « Junko Ichihara ». C'était ma belle-sœur.

— Un appel de sa part, c'est rare…

Notre relation était aussi forte qu'entre de vraies sœurs.

Nous échangions souvent des messages, mais elle m'appelait très peu. S'était-il passé quelque chose de grave ?

J'ai attrapé mon smartphone et j'ai pris l'appel dans le couloir.

— Ça va ?

— L'événement que tu as organisé était très sympa. Merci, a-t-elle déclaré sans préambule.

— Ah, j'ai appris que vous aviez adopté un chien à la foire du *Banpaku kinen koen* ?

— Oui, mais il nous reste des formalités, il ne nous a pas encore rejoints. On ira le chercher le soir de Noël. Ayu est aux anges.

— Vous vous êtes forcés à l'adopter parce que j'avais participé à l'organisation ? ai-je demandé, un peu désolée.

— Pas du tout ! Je pense que c'était le destin, alors je voulais plutôt te remercier, a-t-elle répliqué d'une voix enjouée.

— Mais non. Tu m'appelles pour cette raison ?

— Ah… Eh bien, en rentrant de la foire, on est allés à Iias. Et là…

« Iias », ou plutôt « Iias Tsukuba », était un vaste centre commercial.

Il était tellement immense qu'on aurait dit une cité à part entière, on y trouvait absolument tout. Je m'y rendais régulièrement du temps de l'université, et aujourd'hui encore, lorsque je retournais chez mes parents, je m'y arrêtais sans faute.

— À la bijouterie, Ryo a examiné les bagues avec beaucoup d'intérêt. Il a prétendu que c'était ton cadeau de Noël.

Ryo était mon petit ami.

Ma belle-sœur avait l'air enthousiaste, mais moi, j'étais contrariée.

Je trouvais regrettable qu'elle gâche ainsi la surprise qu'il me préparait. Ce n'était pas le genre de ma belle-sœur, elle toujours prévenante…

— En vérité, je n'aurais pas dû te le dire, mais comme tu répètes que tu ne veux pas te marier, j'ai pensé que je devais te prévenir.

J'en suis restée sans voix.

Il est vrai que même si je pressentais une demande en mariage, le moment venu, j'aurais été déconcertée en voyant la bague. J'étais tout à fait capable de lâcher un « Il ne manquait plus que ça ! » et une profonde fêlure se serait alors creusée dans mon couple.

Ma belle-sœur s'était gentiment inquiétée de cette différence de point de vue entre lui et moi. Nous avions beau ne pas être liées par le sang, je lui tirais mon chapeau, car elle me connaissait par cœur.

— Tu as raison… Merci à toi.

— De rien. Et aussi, Satomi…

— Oui ?

— Tu te souviens que la dernière fois que tu es venue, tu avais proposé à Ayu : « Viens dormir chez moi quand tu veux, je te ferai visiter Tokyo » ?

J'ai été surprise par ce changement de sujet aussi brutal, mais j'ai acquiescé.

Cette « dernière fois » remontait à la fête des morts du mois d'août.

— Dis, Satomi, Tokyo c'est si bien que ça ? Est-ce que c'est beau ? m'avait demandé Ayu avec passion.

Ma nièce, en première année d'école primaire, était précoce.

À ce moment-là, ma belle-sœur avait répliqué avec une pointe d'agacement :

— Mais je t'ai déjà emmenée là-bas !

— Juste au zoo d'Ueno !

Ayu partageait l'humeur de sa mère.

Amusée par leur conversation, j'avais promis à Ayu : « D'accord. Viens dormir chez moi quand tu veux, je te ferai visiter Tokyo. »

— … Pour te dire la vérité, depuis, elle me demande tous les jours avec insistance : « Quand est-ce que j'irai dormir chez Satomi ? » À présent, elle me dit d'un air résigné : « Le chien va bientôt arriver, je ne pourrai plus aller chez Satomi »…

Ma belle-sœur s'exprimait d'un ton hésitant, comme si elle avait du mal à me dire les choses.

— Oh là là… ai-je répondu, abattue.

J'avais fait cette proposition sans trop réfléchir, tandis que ma nièce attendait impatiemment ce voyage.

Déjà quatre mois s'étaient écoulés depuis cette promesse. Peut-être avait-elle attendu une invitation pendant tout ce temps. Si c'était le cas, je m'étais vraiment mal comportée et ma belle-sœur, sachant combien j'étais débordée, avait patienté avant de me rappeler mon invitation.

— Je suis désolée, Junko. Si le chien n'est pas encore là, que dirais-tu du week-end prochain ? Justement, je suis en congé.

Le timing était idéal car la ville serait magnifiquement décorée pour Noël.

— Tu es sûre ? a répondu Junko, un peu surprise.

J'ai eu un petit rire.

— Oui, ça me va ! En plus, je ne serai pas là pour son anniversaire. Ce sera mon cadeau en avance.

— Merci. Je l'emmènerai jusqu'à Tokyo.

— C'est parfait. Prenez le train express jusqu'à Akihabara, je vous y rejoindrai.

— Merci, elle sera ravie. Elle avait même déjà prévu une tenue spéciale pour Tokyo !

Ces paroles m'ont serré le cœur.

Ayu avait même préparé des vêtements neufs.

Elle avait hâte à ce point, quand moi, j'avais totalement oublié.

Oh, pardon, Ayu.

— Alors à samedi. Quand tu auras fixé une heure, envoie-moi un message, ai-je ajouté.

— Ça marche, merci.

Après avoir raccroché, je suis directement retournée à mon bureau.

— Un appel de votre petit ami ? m'a interrogée Koyuki, toujours aussi curieuse.

— Non, j'ai un rendez-vous avec quelqu'un d'autre ! ai-je répondu en souriant.

— Quoi ?!

— Une personne vraiment adorable. J'ai rendez-vous avec elle, ai-je répliqué en lui montrant une photo de ma nièce sur mon portable.

Koyuki a pouffé de rire.

— Elle est trop mignonne !

— Oui, hein ?

— Elle est de votre famille ?

— C'est la fille de mon frère.

— Votre nièce, donc. J'ai un frère beaucoup plus jeune que moi et je trouve les petits tellement mignons !

— Oui, c'est un peu la même sensation que d'avoir des petits-enfants.

— Des petits-enfants ? Oui, vous avez raison. On peut les adorer sans se charger d'aucune responsabilité.

— Exactement ! ai-je dit dans un éclat de rire. Allez, je dois travailler à fond pour me rendre l'esprit libre à ce rendez-vous avec une enfant adorable.

Et je me suis reconcentrée sur mon travail, face à mon écran.

2

LE SAMEDI EST ARRIVÉ.

J'attendais aux portiques de la gare d'Akihabara, quand ma belle-sœur et Ayu sont apparues.

Ayu portait un duffle-coat rouge et des chaussures vernies. Ses cheveux d'ordinaire raides étaient bouclés, telle une poupée.

La voir ainsi m'a mis les larmes aux yeux.

— Désolée, Satomi, a lancé ma belle-sœur en joignant les mains, confuse de me causer tant de dérangement.

— Mais non, ai-je répondu en secouant la tête. J'ai bien l'intention de m'amuser, moi aussi.

— On se retrouve ici, demain. S'il y a quoi que ce soit, appelle-moi. Tiens, au cas où… a-t-elle hésité en me tendant un billet de dix mille yens et sa carte d'assurance.

— Je prends la carte, mais pas l'argent.

Avec le sourire, j'ai refusé le liquide et attrapé la petite main d'Ayu.

— On y va ?

— Écoute bien ce que te dit Satomi.

— Ouiii.

— Et toi Junko, profite bien de Tokyo, pour une fois que tu es là, ai-je ajouté.

Ayu et moi lui avons dit au revoir avec de grands gestes de la main, puis nous nous sommes mises en marche.

— Où veux-tu aller en premier ? ai-je demandé en baissant le regard vers elle.

Elle a levé des yeux émerveillés vers moi.

— La Tokyo Skytree !

— La Tokyo Skytree…

Moi qui avais effectué des recherches sur les boutiques et cafés adaptés aux goûts d'une fillette, j'étais effarée qu'elle veuille visiter un lieu aussi attendu.

— Dans ma classe, Yuka et moi, on est les seules à n'y être jamais allées. Maman répète que ce sera pour un de ces jours, mais ça n'arrive jamais, s'est-elle irritée.

— Je vois…

J'ai retenu un rire qui m'a secoué les épaules. Ma belle-sœur n'avait sans doute aucune envie de descendre à la capitale juste pour visiter cette tour trop touristique.

Cette fois, elle pourrait profiter de son week-end à Tokyo toute seule, sans avoir à s'occuper de sa fille.

— Bon, alors allons-y.

— Oui !

Nous nous sommes élancées avec entrain.

— Par quel moyen y aller… ai-je dit en réfléchissant.

Se déplacer en train était facile et rapide, mais peut-être était-il plus intéressant de prendre le bus afin qu'Ayu profite de la vue.

J'ai opté pour le bus du réseau Toei, malgré un peu de marche jusqu'à l'arrêt de bus. Le trajet à travers le joli quartier d'Asakusa serait agréable.

Une fois montée à bord, Ayu a collé son nez à la fenêtre.

— Ouah ! s'est-elle ébahie en levant la tête, les yeux écarquillés.

Pour une raison que j'ignore, les provinciaux levaient toujours les yeux. Un geste qu'on abandonnait dès qu'on s'habituait à la capitale. Autrefois, à chacun de mes séjours ici, je ressentais la puissance de cette mégalopole dès que j'observais les gratte-ciel, saisie par une fascination sans limites.

Aujourd'hui, j'y vivais sans jamais lever les yeux. Quand j'y pense, récemment, je ne regardais plus rien, je marchais constamment tête baissée... Une amertume m'a gagnée et j'ai souri tristement.

Le bus a traversé la rivière Sumida, donnant vue sur la Tokyo Skytree.

Ayu a applaudi.

— C'est si grand ! Oh là là ! Oh là là ! s'est-elle écriée, au comble du bonheur.

D'ailleurs, c'était la première fois que je voyais cette tour d'aussi près.

— Oui, c'est fou !

Ayu exprimait si fort son émotion que les touristes autour de nous ont ri. De leur point de vue, on ressemblait à une mère et sa fille qui débarquent de leur campagne. Si j'avais été sa vraie mère, j'aurais sûrement été rongée par la honte, mais j'étais sa tante. Comme tous ceux qui la fixaient du regard, j'ai ressenti une profonde tendresse envers elle.

À notre arrivée au pied de la tour, j'ai pris une photo en souvenir.

— Ayu, mets-toi là.

— Ouiii.

La file d'attente pour entrer était interminable, aussi Ayu a-t-elle fait la grimace.

— Tu veux qu'on fasse la queue ou on va ailleurs ?

— Je voulais juste la voir de près, on va ailleurs.

— Tu es sûre ?

— Oui, une de mes copines a dit que dedans, c'était banal.

Il est vrai qu'elle était immense depuis l'extérieur, mais renfermait un centre commercial tout à fait ordinaire.

— Où veux-tu aller ?

— À Harajuku ! m'a-t-elle répondu du tac au tac, comme si elle y avait déjà réfléchi.

La Tokyo Skytree et le quartier de Harajuku, c'était plus que prévisible. Mais je l'emmènerai dans les lieux qui lui feraient plaisir.

— C'est parti pour Harajuku !

Et nous nous sommes mises en route.

3

— OH, ON SE CROIRAIT EN PLEIN *MATSURI* ! s'est extasiée Ayu à notre sortie de la gare de Harajuku, face à la rue Takeshita.

Où qu'on aille, Tokyo était bondée, mais Harajuku l'était tant que le quartier rappelait en effet une fête saisonnière : les boutiques aux devantures de couleurs vives de part et d'autre de la rue étroite ressemblaient aux stands logés dans l'allée qui mène au sanctuaire.

Visiblement au paradis, Ayu sautillait, les yeux illuminés de joie.

— C'est trop mignon ! C'est trop mignon ! répétait-elle.

Elle a repéré un vendeur de crêpes et s'est tournée vers moi en faisant voleter sa jupe.

— Satomi, je peux en manger une ? J'ai apporté mon argent de poche.

— D'accord, mais c'est moi qui offre.

Je nous ai acheté des crêpes que nous avons dégustées sous le ciel d'hiver.

Ensuite, nous avons passé un certain temps dans le magasin de jouets Kiddy Land, jusqu'à ce que je réalise que le jour déclinait.

— Je commence à avoir faim, ai-je réalisé.

— Moi, pas du tout, a répondu Ayu.

Elle était si excitée qu'elle n'avait pas de temps à consacrer à cela.

— J'ai envie de t'emmener dans un endroit spécial.

— Spécial ?

— Il y a près de chez moi un lieu magnifique qui brille de mille feux.

À ces mots, Ayu a bondi.

— Ouais ! Je veux y aller !

Nous sommes retournées à la gare de Harajuku, où nous avons emprunté la ligne Yamanote vers Ebisu.

La Ebisu Garden Place était décorée à l'occasion des fêtes de Noël.

Il faisait presque nuit, le moment était parfait. Il risquait d'y avoir une foule de visiteurs, mais pas au point de ne rien pouvoir admirer.

Le trajet prenait cinq minutes jusqu'à Ebisu. Quand nous sommes sorties de la gare, le jingle de la bière Yebisu passait dans les haut-parleurs. Le couloir d'accès vers l'extérieur était long, mais grâce au tapis roulant, même la petite Ayu avançait sans s'épuiser.

La Ebisu Garden Place, bâtie sur l'ancien site de l'usine de bière Sapporo, était devenue un gigantesque complexe urbain.

Les impressionnantes décorations de Noël de près de cent mille ampoules ainsi que le plus grand chandelier du monde de chez Baccarat étaient les incontournables de l'hiver. Et l'imposant sapin de la place de l'horloge, visible depuis le bout de la rue, méritait sa réputation.

Ayu jubilait devant les illuminations.

— Ouahhh !

— Sublime, non ? ai-je demandé.

Bien sûr, il y avait un monde fou, mais pas autant que dans un train bondé à l'heure de pointe, probablement parce que le soleil n'était pas totalement couché.

— Oh oui ! a acquiescé Ayu avec de grands hochements de tête.

— Quand j'étais petite, j'ai vu cette place de l'horloge dans une série télé, alors une fois adulte, j'ai voulu vivre ici.

Tout avait commencé par une simple fascination, rapidement transformée en rêve, puis en objectif que j'avais enfin réalisé.

Aujourd'hui, quand je venais ici, j'étais à la fois émue et frustrée. Un jour, j'aimerais organiser un événement d'une aussi grande envergure que les festivités de Noël de ce quartier.

Je ne pouvais pas abandonner mon travail.

— C'est incroyable, on se croirait dans la Voie lactée.

— Oh, Ayu, c'est joliment dit !

Nous avons pris une photo devant le sapin de la place de l'horloge, puis nous avons remonté la rue piétonne, et quand nous sommes arrivées à la place centrale, j'ai déclaré :

— Maintenant, j'ai vraiment faim.

— Moi aussi.

— J'imagine. Qu'est-ce qui te ferait plaisir ?

Il vaut mieux se décider sans attendre et réserver une table, ai-je songé, lorsque Ayu s'est écriée :

— Ah !

— Quoi ?

— Un chat aux longs poils blancs nous demande de le suivre, a dit Ayu.

C'est ridicule, ai-je pensé, mais en tournant la tête, j'ai aperçu la queue d'un persan blanc fendant la foule.

Bizarrement, personne ne s'intéressait à lui.

Ayu et moi avons échangé un regard, puis nous l'avons suivi jusqu'au « Château Restaurant », le restaurant de Joël Robuchon situé dans un véritable château à l'occidentale.

La place du château, qui était comble, se vidait pourtant peu à peu, telles des vagues qui se retirent.

Dans le ciel coloré d'un dégradé de rouge foncé au bleu marine, flottait une lune imposante. Sous elle, un café ambulant trônait sur la place devant le restaurant.

Un panneau indiquait « Café de la pleine lune ». La queue touffue du persan blanc ondoyait sur une table près de la roulotte.

— Voilà le chat ! a dit Ayu.

Aussitôt, il s'est engouffré dans le café.

— … Cette roulotte se trouvait aussi à la foire où on a eu le chien, a-t-elle chuchoté.

— Ah.

Elle évoquait la foire du parc de Tsukuba. J'avais participé à l'organisation, mais j'ignorais la liste des exposants.

— Il faut dire qu'un café ambulant se déplace n'importe où…

J'étais méfiante en me rapprochant de la roulotte : comment un véhicule avait-il réussi à entrer dans cette zone piétonne ?

— Bienvenue.

Un chat calico d'une taille avoisinant les deux mètres est sorti du café. Il portait une cravate sur une chemise blanche, ainsi qu'un tablier. J'étais interloquée.

— Ce chat était là-bas aussi ! a crié Ayu.

— Dans le parc ?

— Oui. Il se faisait appeler « patron ».

— Ah bon, ai-je répondu un peu soulagée, la main sur la poitrine.

C'était donc un café ambulant dont le patron endossait un costume de peluche étonnamment bien fait.

Il nous a invitées à nous installer, la main tendue vers une table qui faisait face à la roulotte.

La rue piétonne était encore animée. Néanmoins, comme par enchantement, la place du château était déserte. J'étais déconcertée. Que nous arrivait-il ?

— Bonsoir, je voudrais quelque chose de bon, a lâché Ayu avec entrain en s'asseyant.

Avec un sourire gêné, j'ai posé la main dans son dos.

— Regardons d'abord le menu…

— Non, non, a réfuté le patron. Au Café de la pleine lune, nous ne prenons pas les commandes des clients. Nous vous servons un dessert, un plat ou une boisson spécialement concoctés pour vous.

— C'est vrai, a confirmé Ayu. Il nous l'a dit la dernière fois.

— J'ai hâte de voir ça !

Malgré tout, j'étais effarée par le manque de flexibilité de ce café.

— En général, notre établissement n'ouvre que les soirs de pleine et de nouvelle lune, mais ce mois-ci, exceptionnellement, nous ouvrons les nuits où la lune est belle.

Cela signifiait sans doute pour les fêtes de Noël.

En clair, ce café ne prenait pas les commandes des clients et n'ouvrait que deux fois par mois. Ce n'était probablement pas leur activité principale, mais un loisir. Dans ce cas, ils devaient être extrêmement méticuleux et on pouvait escompter des plats de qualité.

Nous avons remercié le patron, puis je me suis installée à mon tour.

— Cela fait longtemps que nous ne nous étions pas vus, a-t-il dit à Ayu avec un petit rire.

— Oui. Merci pour le chien, l'autre fois. Vivement qu'il arrive !

— Merci à vous. Sur ce, veuillez patienter un court moment, a-t-il déclaré avant de pénétrer dans la roulotte.

Ayu et moi avons attendu, enthousiastes, imaginant les bons petits plats qui nous seraient servis.

Peu après, deux belles femmes sveltes sont apparues. L'une blonde, l'autre brune. Toutes deux étaient coiffées d'une queue-de-cheval et portaient un tablier noir sur un chemisier blanc.

La blonde avait les yeux bleus et la brune, des iris violets, sûrement des lentilles de contact.

— Merci pour votre patience.

D'un geste agile, elles nous ont servi des verres d'eau et ont disposé des assiettes.

Celles-ci contenaient des légumes chauds – brocoli, carotte, courgette, pomme de terre, potiron et rhizome de lotus – ainsi que de la saucisse, du bacon épais et des crevettes bouillies.

Elles ont placé un petit réchaud au centre de la table, et après l'avoir allumé, elles y ont posé une poêle remplie de fromage fondu.

— C'est une fondue au fromage !

Ayu et moi avions des étoiles plein les yeux.

— Tout à fait. Voici la « fondue au fromage du Cancer ». Goûtez à ces légumes chauds qui ont poussé sous la lumière du soleil en les plongeant dans le fromage gorgé de lumière de lune.

La blonde nous a adressé un sourire, tandis que la brune a sorti une bouteille de vin.

— N'hésitez pas à accompagner votre repas du « vin de poussières d'étoiles »… a-t-elle annoncé avec flegme et d'un ton monocorde.

Sans attendre ma réponse, cette femme nonchalante a rempli mon verre.

Dans ce vin blanc qui n'était pourtant pas censé être pétillant, de petites étoiles scintillaient.

— Pour toi, mademoiselle, voici le « jus multifruits du jour et de la nuit »… a lancé la blonde avec un clin d'œil tout en servant Ayu.

Il était d'un magnifique mélange de jaune clair et de rouge violacé.

Nous avons observé nos boissons de près, fascinées.

— Il est trop beau. C'est du jus de raisin ? a demandé ma nièce.

— Oui, mais pas seulement, il contient aussi du citron.

— Du citron ? a-t-elle ronchonné en faisant la grimace. Je n'aime pas les aliments acides.

— Pas d'inquiétude ! a répondu la femme avec un rire discret. Les citrons ont baigné dans la lumière éblouissante du soleil, ils sont doux. Quant au raisin, il est aussi d'un intense goût sucré du fait d'avoir reposé sous la lueur de la lune.

Voilà donc d'où venait le nom « jus multifruits du jour et de la nuit ».

— Merci, a dit Ayu, qui avait maintenant hâte d'y goûter.

— Prenez tout votre temps.

Elles nous ont saluées de la tête dans un même mouvement. La brune est partie d'un pas rapide et la blonde a lancé « À plus tard ! » à Ayu avec un geste de la main, avant de s'en retourner dans la roulotte.

Toutes deux ressemblaient à s'y méprendre à des actrices américaines.

Je les regardais s'éloigner, quand Ayu a saisi son verre.

— Satomi, on trinque !

— Tu as raison, ai-je dit en l'imitant.

Le verre à vin de ma nièce était différent du mien. Son pied était court et épais, sûrement un modèle pour enfant afin d'éviter la casse.

— C'est comme si j'étais une grande, moi aussi, a dit Ayu, ravie.

La voir ainsi m'a réjouie.

— Santé ! nous sommes-nous exclamées en faisant s'entrechoquer nos verres.

J'ai bu une gorgée du « vin de poussières d'étoiles » bien frais.

Un cépage sec avec une pointe de douceur. J'ai fermé les paupières.

— C'est délicieux et ça désaltère, a dit Ayu, le sourire jusqu'aux oreilles. Mon jus n'est pas acide, il est très bon !

— Et si on goûtait au plat ?

— Oui.

Nous avons joint les mains en remerciement.

Avec la fourchette à fondue, nous avons attrapé des morceaux de pain et les avons trempés dans la poêle.

Nous avons savouré le fromage fondu, qui produisait lui aussi des fils scintillants.

Sans avoir le goût particulier du fromage à pâte fraîche, il était intense comme du fromage ayant maturé. Pourtant, il n'était pas trop gras et une saveur laiteuse restait en bouche. Un arôme autant appréciable par les enfants que par les adultes.

C'était divin. D'où pouvait bien venir ce fromage ?

J'y songeais en buvant une gorgée de vin.

À ce moment-là, j'ai remarqué combien la fondue et le vin étaient parfaitement assortis. Portant la main à mes lèvres de délectation, j'ai fermé les yeux.

Soudain, Ayu s'est écriée :

— Ah, le patron est revenu !

J'ai tourné la tête et l'ai vu, un plateau entre les mains.

Il nous a servi des assiettes où trônaient des petits beignets ronds.

— Merci pour votre patience. Voici les « *korokke* à la crème du Cancer », plat principal de la « fondue au fromage du Cancer ». N'hésitez pas à les plonger dans le fromage.

— Quand vous dites des *korokke* à la crème du Cancer, vous voulez dire des beignets garnis de crabe à la crème ?

— Absolument.

J'ai souri.

— Vous devez vous demander pourquoi je vous sers la « fondue du Cancer » alors que nous sommes dans la période du Sagittaire, mais c'est parce que ces *korokke* au crabe sont le plat principal, a joyeusement expliqué le patron. Je l'ai concocté car votre lune est en Cancer.

— Cancer ? Mais je suis Scorpion.

— Je parle de votre signe lunaire. Puis-je vous montrer vos signes solaire et lunaire, et votre thème astral ?

Étonnée, j'ai accepté.

Il a sorti de sa poche une montre à gousset et a appuyé sur le bouton.

Le verre s'est subitement éclairé et dans le ciel nocturne, un dessin similaire à un cadran d'horloge est apparu.

— Ouah ! s'est exclamée Ayu. Patron, vous êtes un magicien !

J'ai failli répliquer « C'est juste un hologramme », mais j'ai préféré lui répondre : « En effet. »

Le dessin projeté dans le ciel était un horoscope selon l'astrologie occidentale. Le cercle était divisé en douze sections numérotées de I à XII.

En observant mieux, j'ai vu la lune dans la case VI et le soleil dans la case X.

— Votre soleil se situe dans la dixième maison. Comme noté sur le diagramme, ce secteur au sommet du thème astral est celui des Aspirations. Les personnes ayant le soleil dans cette maison ont beaucoup de chance professionnellement et font tout pour atteindre leurs objectifs avec ambition. En outre, comme vous êtes Scorpion, vous travaillez avec une grande rigueur sans lésiner sur les études…

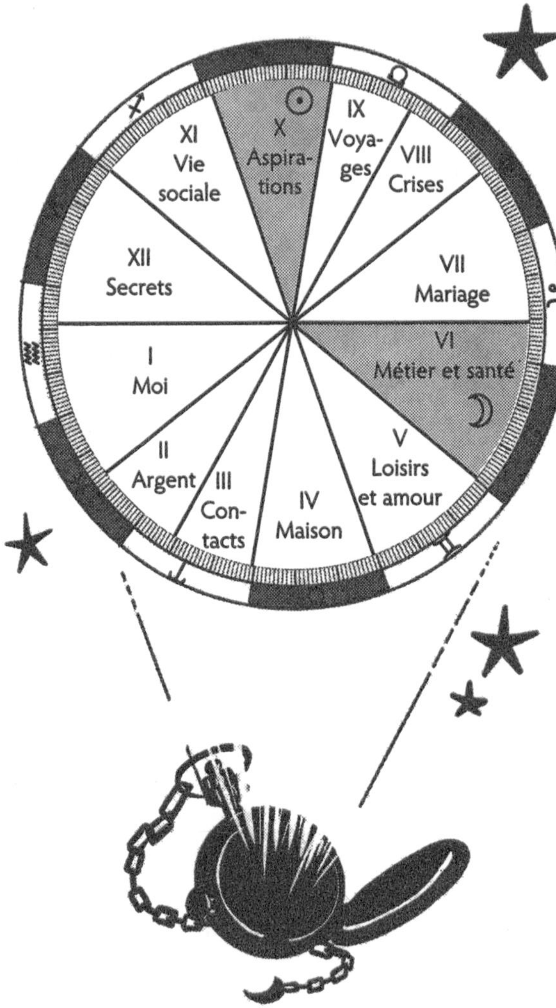

X
Aspirations
IX
Voyages
VIII
Crises
VII
Mariage
VI
Métier et santé
V
Loisirs et amour
IV
Maison
III
Contacts
II
Argent
I
Moi
XII
Secrets
XI
Vie sociale

J'ai approuvé, surprise par la justesse de ces révélations.

— Par ailleurs, pour les femmes, le soleil signifie l'homme, alors vous éprouvez probablement beaucoup de respect pour votre père et vous avez le fort désir que votre conjoint soit quelqu'un que vous puissiez respecter.

J'ai été choquée tant je me reconnaissais dans ces paroles.

Mon père, aujourd'hui à la retraite, était professeur. Je le respectais du fond du cœur.

— Votre lune est en Maison VI, le secteur du Travail. À ce que j'en vois sur votre thème astral, votre emploi vous occupe au quotidien et vous avez tendance à être quelqu'un d'apaisé. Avec le soleil en Maison X et la lune en Maison VI, j'en déduis que par nature, vous êtes quelqu'un qui vit pour son travail.

— C'est vrai.

— Mais la lune est en Cancer. Vous avez besoin d'un second lieu où vous ressourcer.

À l'extérieur du cercle où se trouvait la lune, j'ai repéré le signe ♋, symbole du Cancer.

— Le signe lunaire est différent des signes astrologiques ordinaires ?

— Oui. Ce que vous appelez les « signes astrologiques ordinaires » sont le signe solaire. Il est votre personnalité extérieure. La lune désigne votre nature intérieure, votre essence, vos véritables intentions. Cette lune est en Cancer. De ce fait, vous avez la capacité d'être profondément soulagée lorsque vous vous trouvez dans l'environnement du Cancer.

J'ai regardé le patron, interrogative.

— Qu'est-ce que l'environnement du Cancer ?

— Eh bien… a-t-il commencé en m'apportant aimablement quelques précisions.

Alors que toutes ses explications me concernant étaient véridiques, l'histoire du Cancer m'a semblé sans rapport avec moi.

Un soupir m'a échappé.

Ayu s'est penchée vers le patron.

— Dites, monsieur le chat, moi, je suis Sagittaire. Je suis née le 20 décembre, c'est bientôt.

— En effet, a-t-il répondu d'un ton jovial, comme s'il le savait déjà. Votre signe lunaire est aussi le Sagittaire. Pour cette raison, mademoiselle, je vous ai préparé un dessert du Sagittaire. Et vous, madame, qui avez la lune en Cancer, cela vous tranquillisera peut-être. J'espère que cette soirée vous permettra de prendre conscience de votre désir profond.

Il a incliné la tête, puis s'est éloigné de notre table.

— Mon « désir profond »... ?

De quoi parlait-il ?

J'étais dans l'incompréhension la plus totale, tandis qu'Ayu admirait son assiette avec appétit.

— Satomi, les *korokke* sont trop bons, a-t-elle déclaré, la bouche pleine.

— Ah, je vais y goûter.

J'ai planté ma fourchette dans un beignet aussi rond qu'une planète et je l'ai plongé dans le fromage.

Le *korokke* crémeux et le fromage formaient un duo idéal, rehaussant le bon goût de chacun.

Ayu et moi ne cessions de répéter « Quel délice ! Quel délice ! ».

Notre repas terminé, le dessert nous a été servi.

— Voici la « pomme d'amour du Sagittaire », généreusement enrobée de sucre de poussières d'étoiles. J'ai pris une pomme transpercée par la flèche du Sagittaire pour en faire une pomme d'amour.

Comme son nom le sous-entendait, une flèche était plantée à son sommet. La pomme enduite de bonbon était luisante et le sucre saupoudré sur le dessus s'apparentait à de la poussière d'or.

La flèche s'est révélée être un couteau pour couper la pomme. Le fruit était évidé et rempli de miel chaud, et j'ai pu la couper plus facilement que je ne l'aurais cru.

La pomme possédait deux couches : une froide et croquante proche de la peau du fruit, et vers l'intérieur, de la compote. Toutes deux se mariaient merveilleusement bien avec le bonbon croustillant et le sucre en poudre.

Au cœur, le miel chaud et coulant se mélangeait à la pomme, qui fondait en bouche. J'ai serré les poings, tant ce plat était délicieux.

— C'est bon ! Mais ça n'a rien à voir avec les pommes d'amour vendues dans les festivals, a dit Ayu.

— Ça ne ressemble pas non plus à ce que je connais.

— Alors ce n'est pas une pomme d'amour ?

— Si, c'est juste que la recette varie en fonction des cuisiniers.

— C'est incroyable.

— Oui. Je n'avais jamais goûté à une pomme d'amour aussi haut de gamme.

Alors que nous avions passé un excellent moment grâce à ce repas exquis, tout à coup, nous avons laissé le café derrière nous.

4

— J'ai l'impression que tout n'était qu'un songe…

Les idées confuses, j'ai expiré fortement tandis que nous quittions la Ebisu Garden Place.

Comme si nous avions réellement rêvé, une vague de passants a déferlé sur la place lorsque nous nous sommes levées de nos chaises.

Je comptais payer, mais la roulotte avait subitement disparu.

Que faire ? Est-ce que cela signifiait que nous étions parties sans payer ?

Non, le restaurant s'était volatilisé, ce n'était pas notre faute.

Pensive, j'ai regardé Ayu qui m'a tirée par la main.

— Satomi, il y a une supérette ouverte jour et nuit.

— En effet.

J'ai repris mes esprits. Nous avions parlé d'y faire un tour.

— Allons faire quelques achats.

— Oui ! Moi, j'adore les supérettes, a confié Ayu.

Nous avons acheté des gâteaux pour ce soir et du pain pour demain matin.

— Chez moi, je me fais gronder quand je mange des gâteaux le soir, s'est inquiétée Ayu en sortant du magasin.

J'ai pouffé de rire, l'index devant mes lèvres.

— C'est exceptionnel. En échange, tu te brosseras bien les dents, d'accord ?

— Oui, c'est exceptionnel !

Ayu a hoché vigoureusement la tête.

L'immeuble où j'habitais était à une distance raisonnable de la gare.

— Oh, c'est beau ! s'est écriée Ayu, les bras en l'air, en entrant chez moi.

Elle admirait mon modeste appartement doté d'une seule chambre car j'avais fait le grand ménage pour elle, mais aussi parce que je l'avais agencé avec goût, moi qui m'émerveillais de la vie à la capitale.

— Tu vas dormir là-haut, lui ai-je dit en désignant la mezzanine.

— Génial ! Mais et toi ?

— Je dormirai en bas, ne t'en fais pas. Mais d'abord, Ayu, trinquons. C'est parti pour la deuxième partie de soirée !

— Ouais !

Elle a sorti du sac les gâteaux que nous avions achetés et les a alignés sur la table.

Elle avait opté pour un jus de raisin, et moi, pour une bière.

— Santé ! Ayu, tu aimes le jus de raisin ?

— Celui que j'ai bu tout à l'heure était si bon que j'en aurais bien bu encore. Mais il n'y avait pas de multifruits.

— Cette boisson ne doit se trouver nulle part ailleurs.

— Oui ! a-t-elle dit en riant. Les cheveux de la dame étaient jaune citron, hein ?

— C'est vrai. D'un beau blond pareil à la lumière du soleil. Et la brune avait des yeux d'une jolie couleur bordeaux.

Comme si ce jus multifruits les représentait toutes les deux.

— La femme aux cheveux jaune était pleine d'énergie et la brune, du genre timide, a poursuivi Ayu.

— Timide ?

De mon point de vue, elle m'avait plutôt paru décontractée.

— Oui, très.

Je me suis souvenue que ma belle-sœur m'avait dit qu'Ayu possédait une grande sensibilité.

Si ma nièce disait vrai, la brune n'était pas impassible et ne s'exprimait pas d'un ton monocorde par froideur, mais par réserve.

J'ai trouvé cette attitude attendrissante et j'ai souri.

— Ayu, tu perçois toujours ces choses-là ?

— Quelles choses ? a-t-elle demandé, déroutée.

— Peu importe. Parle-moi de ta vie actuelle. Ça va à l'école ? C'est différent de la maternelle, non ?

— Oui, car maintenant, je suis une grande, s'est-elle enorgueillie.

— Toi qui pleurais à chaudes larmes car tu ne voulais pas quitter la maternelle !

— C'est du passé, a-t-elle répondu en faisant la moue.

— Du passé ! ai-je répété en éclatant de rire.

Puis toute heureuse, elle m'a raconté les dernières nouvelles.

— Et alors, j'ai…

Elle s'est frotté les yeux plusieurs fois tout en parlant, sûrement épuisée par cette longue journée.

— Ayu, on se brosse les dents et on va se coucher ?

— … D'accord.

Elle s'est exécutée tout en continuant à se frotter les yeux.

Nous avions oublié de prendre un bain, mais elle était si fatiguée que j'ai décidé de remettre cette tâche au lendemain et l'ai couchée dans la mezzanine.

Je suis redescendue et j'ai allumé mon ordinateur portable pour vérifier quelques mails.

J'étais en train de travailler quand j'ai entendu des gémissements à l'étage. Surprise, j'ai grimpé à l'échelle.

— Ayu, qu'est-ce qu'il y a ?

Elle pleurait, la tête enfouie dans l'oreiller.

Affolée, je me suis assise à côté d'elle et lui ai caressé le dos.

— Tu as mal quelque part ? Ça ne va pas ?

Elle a secoué la tête.

— Je n'ai pas mal… Je veux voir Maman… a-t-elle dit d'une voix étranglée, tête baissée.

— Ayu…

Elle avait l'air d'une grande, mais c'était encore une toute petite fille. La nuit venue, elle se sentait seule et voulait sa mère.

— Tout va bien, ta maman viendra te chercher demain, l'ai-je rassurée en m'allongeant près d'elle.

— Satomi…

Sa petite tête s'est approchée de ma poitrine. Je l'ai caressée, songeant combien elle était adorable.

Nous passions un week-end agréable, et pourtant, elle souhaitait voir sa mère.

Moi aussi, j'avais connu cette solitude dans mon enfance.

J'étais allée dormir une nuit chez une petite voisine, mais j'avais tant pleuré que mes parents étaient venus me chercher.

À ce moment-là, ce n'était pas à mon père, mais à ma mère que je m'étais accrochée, en larmes.

Elle était femme au foyer. J'étais heureuse qu'elle soit en permanence à la maison, mais elle semblait privée de liberté.

La voir se plier en quatre pour faire plaisir à mon père m'avait motivé à devenir une femme indépendante.

Par la suite, mon grand frère, alors âgé de vingt-cinq ans, avait épousé Junko, une femme de son âge qu'il fréquentait depuis l'université…

Ils étaient un jeune couple et ma belle-sœur travaillait, tout comme mon frère. Leur relation était égalitaire, dans un respect mutuel.

Je les observais avec admiration, et j'aspirais à une relation identique. Mais ils ne parvenaient pas à fonder une famille, une véritable épreuve pour ma belle-sœur.

Ils ont fini par consulter, des années plus tard, et ont réussi à avoir Ayu. Mais de mon point de vue, leur vie n'était pas simple, d'autant que ma belle-sœur était devenue femme au foyer après l'accouchement.

Aujourd'hui, Ayu était un petit ange, mais elle avait été un bébé difficile qui pleurait constamment.

En les voyant, je m'étais sentie totalement incapable d'être mère, et honnêtement, je ne comprenais pas ma belle-sœur qui avait choisi d'abandonner son travail pour consacrer son temps à son enfant.

Mais à présent, je saisissais un peu mieux. Pour Ayu, sa maman était la personne la plus importante au monde. Alors chaque minute, chaque seconde lui étaient si précieuses qu'elle ne voulait pas en rater une seule, au point d'abandonner une belle carrière sans regrets.

Tout en serrant ce petit corps dans mes bras, j'ai fermé les yeux.

J'ai écouté la respiration d'Ayu qui s'était endormie.

— J'envie un tout petit peu Junko, ai-je murmuré.

Aussitôt, je me suis remémoré les paroles du patron du Café de la pleine lune.

5

LE LENDEMAIN, nous sommes retournées à la gare.

Ma belle-sœur attendait déjà devant les portiques de la station. Elle était arrivée avant l'heure du rendez-vous.

— Ayu ! Satomi !

— Maman !

Dès qu'elle a vu sa mère, Ayu s'est précipitée vers elle.

— Tu t'es bien amusée ?

— Oui ! On est allées à la tour Tokyo Skytree et aussi à Harajuku, et ensuite le soir on a mangé de la fondue au fromage devant un château, a raconté Ayu, avec un débit de mitraillette.

Ma belle-sœur l'écoutait en hochant la tête, puis elle s'est tournée vers moi.

— Satomi, un grand merci à toi.

— Pas de souci ! ai-je répondu. Je me suis bien amusée, moi aussi.

— Même si ça n'a duré qu'un jour, ça a dû être compliqué. Merci, vraiment. Ayu, et si on disait merci à ta tante ? a suggéré ma belle-sœur, accroupie devant Ayu, les yeux dans les yeux.

Celle-ci a acquiescé et a profondément incliné la tête.

— Satomi, merci beaucoup.

— Merci à toi aussi, ai-je dit en imitant son geste.

— On rentre ? a lancé ma belle-sœur.

— Oui. À bientôt, Satomi !

Ayu m'a fait coucou de la main avec un sourire radieux, puis toutes deux se sont élancées.

— À bientôt, Ayu.

Une émotion indescriptible s'est emparée de moi tandis que je la saluais moi aussi.

Je ressentais à la fois le soulagement de l'avoir rendue à sa mère sans qu'il ne lui soit rien arrivé et la libération de ne plus avoir à m'occuper d'une si jeune enfant.

Mais ce qui broyait ma poitrine plus que tout était une immense sensation de perte.

Bon sang, je suis au bord des larmes.

Les deux couettes d'Ayu qui s'agitaient.

Son petit dos qui s'éloignait.

Mon nez me picotait de la voir partir.

Comme si elle avait senti mon regard, elle s'est retournée et m'a fait un grand au revoir de la main. En proie à une solitude insupportable, je lui ai moi aussi adressé de grands gestes.

Je ne devais pas pleurer. Cela n'avait aucun sens. Ma nièce avait seulement passé une nuit chez moi et se contentait de rentrer chez elle.

Voilà tout.

Pourtant, quand leurs silhouettes ont disparu de ma vue, mes yeux ont été submergés de larmes, comme si j'avais ouvert les vannes.

J'ignorais pourquoi je pleurais autant. De grosses gouttes ont roulé sur mes joues.

Puis, j'ai compris.

« *J'espère que cette soirée vous permettra de prendre conscience de votre désir profond.* »

Les explications données hier soir par le patron, à propos du Cancer, me sont revenues à l'esprit. Selon lui, ce signe symbolisait le foyer et la famille. Comme j'avais le soleil en Maison X et la lune en Maison VI, travailler était dans ma nature.

D'un autre côté, avoir la lune en Cancer me poussait à chercher un foyer, une famille...

Quand j'avais entendu ces mots, je n'avais pas saisi. J'en avais seulement conclu que de temps en temps, j'avais une forte envie de retourner chez mes parents.

Mais ça n'avait rien à voir. C'était seulement pour faire une pause.

En vérité, j'avais déjà ce désir en tête, et en prendre conscience m'a surpris.

Je me mentais à moi-même, en faisant comme si de rien n'était.

Depuis toujours, je sentais les limites du travail en solo. J'aimais travailler, mais je manquais rapidement d'énergie. Alors à chaque fois, je compensais en cherchant à passer du temps auprès de mon petit ami chaleureux et chez mes parents.

Pourtant, dès que l'idée du mariage me venait en tête, je la rejetais. Vu l'expérience de ma mère et de ma belle-sœur, j'étais persuadée qu'à mon tour, je devrais choisir entre vie familiale et vie professionnelle.

Alors j'avais choisi mon emploi, parce que j'aimais travailler et que j'avais enfin accompli mon rêve.

Mais j'avais aussi un désir auquel je n'arrivais pas à renoncer. Au fond de moi, je voulais fonder une famille.

Grâce à ma rencontre avec le patron du Café de la pleine lune, j'ai enfin pris conscience de ce désir intérieur que je m'étais caché à moi-même.

Mon plus grand rêve était devenu une malédiction à mon insu. Je m'étais mis des barrières toute seule à force d'estimer que je devais être heureuse car je menais la vie que j'avais toujours espérée. J'avais développé une seconde malédiction, celle de devoir choisir entre famille et travail, car désirer les deux était trop demander. Et je n'avais pas conscience de cela.

La soirée exceptionnelle passée en compagnie d'Ayu avait peut-être bien levé ces barrières.

— Dire que je n'avais pas réalisé le fond de ma propre pensée… ai-je soufflé.

J'essuyais mes joues mouillées, quand j'ai reçu une notification sur mon portable.

C'était un message de mon petit ami.

« *Satomi, comment on s'organise pour Noël ? Ça ne me gêne pas si on se voit tard le soir.* »

— Ah ! me suis-je exclamée, une main devant la bouche.

C'est vrai. J'avais oublié de lui répondre.

Un doux sourire aux lèvres, j'ai tapé mon message.

« *Désolée de te répondre aussi tard. Passons le réveillon ensemble, je ferai en sorte de finir tôt.* »

Moi aussi, je voulais fêter ce jour spécial avec lui.

Il m'a répondu par un sticker « *Merci* ».

J'étais à nouveau à deux doigts de pleurer.

Mon amour pour mon travail et pour Tokyo ne changerait pas. Renoncer à tout ce que j'avais fait jusqu'à présent pour mon compagnon m'était impensable, mais je voulais fonder une famille avec lui. Nous n'avions qu'à discuter de la meilleure organisation possible.

J'ignorais ce que l'avenir me réservait, mais je l'affronterais sans fuir.

Pour moi, travail et famille étaient essentiels. Ça paraissait aussi royal que la pomme d'amour de la veille, mais c'était ainsi.

Parce que j'étais née sous de telles étoiles…

Mais dans l'immédiat…

— Je ferai tout pour qu'on passe un réveillon magnifique.

J'ai séché mes pleurs et me suis mise à marcher, comme si tout était effacé.

CHAPITRE 2

Le mont-blanc de la nouvelle lune
et la nuit miraculeuse

1

Au Noël de mes huit ans, j'ai perdu mon père dans un accident de la route.

Au Noël de mes seize ans, j'ai eu un beau-père, et au Noël de mes dix-huit ans, un petit frère.

Je me sentais si mal à la maison que dès que j'ai été étudiante, j'ai décidé de vivre seule, avant mes vingt-deux ans. Aujourd'hui, j'avais un travail.

Avec un tel passé, Noël… était un jour que je détestais.

— Ne vous inquiétez pas, j'irai faire un tour dans la rue commerçante !

Moi, Koyuki Suzumiya, j'ai adressé un sourire radieux à Satomi Ichihara, ma supérieure dans l'entreprise où j'étais intérimaire.

— Tu es sûre ? m'a-t-elle demandé d'un air désolé.

— Oui, et vous, ne tardez pas. Ce soir, vous avez rendez-vous avec votre petit ami, n'est-ce pas ?

Malgré tout, j'ai bien vu qu'elle éprouvait toujours un certain malaise.

— Bien sûr que le travail est important, mais la vie privée l'est tout autant, ai-je assuré.

— Oui, mais c'est le soir de Noël. C'est un jour spécial pour toi aussi, non ?

— Évidemment ! Mais je n'ai rien de prévu avant la nuit.

— Tu as rendez-vous avec ton copain en pleine nuit ?

— Non, je suis célibataire.

— Alors quels sont tes projets ?

— J'attends depuis longtemps le concert de ma chanteuse préférée, qui sera diffusé en direct à minuit pile. Je suis libre toute la soirée et l'argent gagné en heures supplémentaires est toujours bon à prendre quand on est intérimaire, ai-je répliqué d'un ton guilleret, les poings serrés.

Elle m'a souri, soulagée.

— Dans ce cas, je peux te laisser te charger du reste ?

— Sans problème ! ai-je affirmé.

— … Je crois que c'est la première fois depuis que je travaille ici que je vais rentrer à l'heure le soir de Noël. Je n'arrive pas à y croire, a-t-elle dit, la main sur la poitrine.

J'ai acquiescé avec un rire discret.

— Il faut dire que c'est un jour chargé pour les employés d'une telle agence.

J'en parlais comme si ça ne me concernait pas car je n'étais pas membre à part entière de l'entreprise.

J'avais été une élève moyenne, j'avais poursuivi mes études dans une université moyenne, puis je m'étais inscrite dans une école de gestion afin d'acquérir des compétences. Mais une fois diplômée, j'avais peiné à trouver du travail, et j'avais fini intérimaire en quête de CDI.

Depuis, deux années s'étaient écoulées.

Je possédais le savoir-faire et les qualifications afin d'être efficace sans avoir besoin de passer par l'intérim, mais aucune des entreprises que j'avais rejointes ne m'avait jamais proposé de CDI.

Ces derniers temps, je sentais que ce rêve était hors de ma portée.

Et aujourd'hui, je participais à l'organisation d'événements pour une agence de publicité.

Le mot « événements » m'avait laissé imaginer des missions incroyables et médiatisées, mais mon poste ne requérait pas que je me penche sur des projets d'aussi grande importance.

Récemment, j'étais souvent missionnée sur des manifestations à l'échelle de villages ou d'associations de voisinage.

« Nous souhaitons organiser tel projet dans notre ville, de quelle manière devrions-nous nous y prendre ? »

Je recevais ce genre de demande et j'apportais mon aide.

Je réalisais aussi les brochures pour les événements à venir, ce qui faisait le lien avec le travail de publicité.

À mon entrée dans l'agence, je m'étais rendue à des rendez-vous avec les clients, maintenant j'étais surtout derrière mon bureau. Mais je me rendais régulièrement sur place le jour J pour saluer les organisateurs. Une méthode peu conventionnelle à notre époque, où Internet règne en maître sur l'événementiel. Mais le fait de rencontrer les gens en vrai et de discuter avec eux avait un impact fort. « C'est ainsi qu'on enchaîne les projets », répétait ma responsable.

— Je suis vraiment désolée, Koyuki. Déjà que tu es allée dans la préfecture d'Ibaraki à ma place…

Il y a peu, mon équipe avait soutenu « la Fête des récoltes » dans la ville de Tsukuba. Mme Ichihara était censée s'y rendre, mais elle avait eu des soucis, et comme j'étais libre, je m'y étais présentée en son nom.

— Ne vous en faites pas ! En plus, moi aussi, j'y ai participé.

— C'est vrai, a-t-elle répondu en souriant. Et c'est toi qui avais suggéré une foire à l'adoption, n'est-ce pas ?

— Tout à fait. D'ailleurs, j'ai aussi pris part à l'organisation de l'événement d'aujourd'hui. N'hésitez pas à me donner d'autres missions de ce genre !

Elle n'a pas su quoi répondre, car mon contrat prenait fin en mars.

— Bon, j'y vais.

Toute souriante, je me suis levée, mon *tote bag* à la main.

— Merci, je compte sur toi.

— Oui, je m'occupe de tout.

Je l'ai saluée poliment, puis j'ai quitté le bureau.

— Koyuki est toujours positive et énergique, hein ? ai-je entendu dans mon dos au moment d'emprunter le couloir.

— Oui, elle n'est qu'intérimaire, mais elle met une bonne ambiance dans l'équipe.

En temps normal, ces propos auraient dû me réjouir. Mais dès que je suis montée dans l'ascenseur vide, je me suis décomposée.

« Elle est positive et énergique, elle met une bonne ambiance, elle est rigolote. »

Partout où j'allais, on me serinait les mêmes paroles.

Et c'était vrai. J'avais toujours agi ainsi. Mais je jouais un personnage.

Par la vitre de l'ascenseur, j'ai admiré Shibuya en contrebas. En ce mois de décembre, le quartier était coloré et la nuit venue, il serait encore plus beau.

À première vue, c'était magnifique, mais un regard exercé repérait que tout n'était pas rose.

L'ascenseur a fait « ding », puis la porte s'est ouverte. Affichant un sourire de façade, je suis sortie dans le hall, au rez-de-chaussée.

L'agence se trouvait dans un bâtiment attenant à la gare de Shibuya. On ne pouvait pas bénéficier d'un accès plus pratique.

Seulement, une fois à bord du train de la ligne Yamanote, j'ai soupiré longuement.

2

LE TRAJET DURAIT ENVIRON UNE DEMI-HEURE. Je devais me rendre dans la rue commerçante Yanaka Ginza, dans le quartier de Nippori.

Arrivée là-bas, j'ai remarqué par endroits l'adorable chat noir, mascotte officielle de la rue. Une foule d'enfants s'amusait près d'un grand sapin de Noël.

— Merci d'être venue. Grâce à vous, c'est un succès, m'a remercié le dirigeant du syndicat qui avait mis en place ce projet.

Cet homme d'un certain âge portait un bonnet de père Noël. Il a incliné la tête, satisfait.

— C'est moi qui vous remercie. Je suis contente que ce soit une réussite.

Après plusieurs courbettes, j'ai à nouveau observé la rue.

Une bannière portant les mots « Noël dans la rue commerçante » y était tendue.

Les habitants du quartier s'étaient rassemblés, et tous, coiffés d'un bonnet de père Noël, souriaient d'un air radieux.

Une majorité était des enfants, et nombre d'entre eux ne pouvaient pas fêter Noël en famille pour diverses raisons.

C'est parce que j'avais envie de leur apporter un minimum de joie que j'avais monté ce projet de Noël dans la rue, en coopération avec l'école primaire du quartier.

— Le sourire des enfants prouve combien cette manifestation est formidable, a déclaré le chef du syndicat. Autrefois, notre rue ne dépendait pas des touristes pour survivre. Mais à présent, toutes les rues commerçantes du pays sont en souffrance.

— Oui, ai-je répondu avec amertume.

Il n'était pas rare de voir des rues aux innombrables rideaux de fer baissés.

Nous étions désormais à une époque où voir des rues commerçantes vivantes n'était pas courant.

— Les gens du quartier sont prioritaires aux touristes. On doit être ancré dans le local, s'entraider et aimer notre rue et nos commerces, sans quoi tout est voué à l'échec. Nous sommes bien entendu reconnaissants envers les gens de passage, mais nous ciblons plutôt les locaux qui viennent trois fois par semaine que les visiteurs qui s'y arrêtent une fois par mois.

— C'est compréhensible.

— J'y pense, j'ai reçu un message de Mme Ichihara juste avant votre arrivée.

— Elle était vraiment chagrinée de ne pas pouvoir être présente, me suis-je empressée de répondre. Je suis désolée que vous n'ayez affaire qu'à moi.

Il a souri d'un air aimable.

— Dans son mail, elle m'a informé que vous aviez lancé ce projet permettant aux enfants seuls à Noël de passer un agréable moment.

J'ai haussé les épaules par modestie.

— « Lancé un projet », c'est un peu exagéré...

Je m'étais contentée d'évoquer brièvement cette idée, que Mme Ichihara avait attrapé au vol.

— Mais non ! Vraiment, c'est une bonne chose. Les enfants seuls sont bien plus nombreux qu'on l'imaginait. Entre ceux dont les parents travaillent, ceux qui sont issus de familles monoparentales... Les situations sont multiples. Les enfants sont précieux pour notre quartier, nous aimerions qu'ils restent grandir ici, mais ce n'est pas simple. Voilà pourquoi nous avons souhaité leur permettre de se créer de beaux souvenirs en ce jour si particulier.

Un bon pour un menu enfant leur permettait de prendre un repas dans le restaurant de leur choix, puis de profiter de jeux à des stands et d'une projection en plein air.

Une petite phrase de ma part s'était muée en un événement résonnant de rires d'enfants, grâce à l'intelligence et à la coopération de toute une équipe.

— Merci beaucoup, madame Suzumiya.

Il a incliné la tête, et sa gratitude m'a mis les larmes aux yeux.

Pour les dissimuler, je lui ai répondu par un profond signe de tête.

— Moi de même. Un grand merci à vous. Je ne suis pas sûre de pouvoir être utile, mais laissez-moi vous aider, ai-je dit en me remontant les manches.

Voilà comment nous allions sur le terrain saluer les organisateurs des projets que nous soutenions, n'hésitant pas à prêter main-forte jusqu'à la fin de l'événement.

On ne m'avait rien demandé, on ne m'avait jamais obligée, mais j'avais appris en observant mes collègues que c'était la meilleure méthode.

Pourtant, le dirigeant a écarté ma proposition.

— Non, non. Ne vous en faites pas, nous avons assez de participants.

— Quoi ? Mais…

— Aujourd'hui est un jour spécial, vous aussi, passez du bon temps avec une personne chère à votre cœur, a-t-il dit avec amabilité.

Incapable de répondre, je lui ai adressé un sourire équivoque.

— J'y pense, est-ce qu'un gâteau de Noël d'une de nos boutiques vous intéresserait ?

Je l'ai remercié, mais j'ai refusé d'un air contrit.

— Je vis seule, je ne pourrais pas le finir.

— Ah bon ? a-t-il répondu, un peu déçu.

Il aurait sûrement préféré que j'accepte.

Normalement, j'aurais répondu : « Oui, avec joie », même si je savais pertinemment que je ne mangerais pas tout.

Mais ses mots, « Passez du bon temps avec une personne chère à votre cœur », m'avaient prise de court.

Afin de changer de conversation, j'ai affiché une gaieté de façade.

— Merci encore. Je reviendrai dans cette rue en dehors du travail !

— Avec plaisir ! Je vous attends.

J'ai réitéré mes remerciements, puis je me suis éclipsée.

Alors que je cheminais dans la rue, j'ai été ravie de revoir la mascotte du chat noir.

J'ai quitté la rue commerçante, et après quelques minutes de marche en direction de la gare, je me suis approchée d'un escalier.

En bas des marches, figurait le panneau « *Yuyake dandan* », « l'escalier du soleil couchant ».

— Alors c'est ici… ai-je murmuré.

Je n'avais rien remarqué à l'aller.

À mesure que je grimpais les marches, j'ai senti une chaleur parcourir mon dos, si bien qu'à mi-hauteur, je me suis retournée.

C'était l'heure du coucher de soleil. Les marches s'étaient parées d'une teinte orangée.

Tout en bas, j'ai distingué l'entrée de la rue commerçante, d'où provenaient de faibles rires d'enfants.

C'était d'une splendeur que les illuminations de Noël de toute la capitale ne pouvaient égaler.

Ce panorama venu du passé survivait encore aujourd'hui, apportant son atmosphère chaleureuse à notre époque moderne.

J'avais l'impression d'être témoin d'un miracle et j'ai délicatement essuyé mes larmes du bout des doigts.

À cet instant, mon téléphone a vibré dans la poche de mon manteau. C'était un message de ma mère.

« *Joyeux Noël, Koyuki. Merci d'avoir envoyé un cadeau à Sei. Tu as dit être occupée pour le réveillon, mais tu ne pourrais pas rentrer demain ? Sei veut voir sa grande sœur, lui aussi.* »

Elle m'a envoyé une photo de mon petit frère âgé de bientôt cinq ans. Un bonnet de père Noël sur la tête, il riait avec insouciance, le train que je lui avais offert à la main.

Nous étions tous les deux nés au mois de décembre.

Moi le 18, lui le 23.

De ce fait, on m'avait prénommée Koyuki, « légère chute de neige », et lui Sei, « saint ».

J'étais bien soulagée de pouvoir combiner ses cadeaux d'anniversaire et de Noël.

Près du bord de l'escalier, j'ai rapidement tapé ma réponse.

« *Je suis trop contente que Sei soit ravi. Il est adorable avec son bonnet. J'aimerais rentrer, mais ça va être difficile, j'ai trop de travail. Joyeux Noël !* »

Comme toujours, j'ai envoyé un message positif et énergique, me faisant passer pour la grande sœur qui adorait son beau-père et son demi-frère.

J'ai soupiré et regrimpé les escaliers, où des haut-parleurs diffusaient des chants de Noël.

Des couples et des familles se promenaient, l'air heureux.

J'ai soudain été submergée par une solitude, telle une bourrasque sur mon cœur. J'ai mordu ma lèvre gercée, un peu douloureuse.

C'est pas vrai, ai-je pensé avec un claquement de langue agacé. Pourquoi maintenant ? Moi qui avais toujours réussi à tenir la solitude à distance…

La vague de bienveillance qui imprégnait la rue commerçante m'avait sûrement rendue plus sensible.

En ce jour, même mes amies, qui à l'accoutumée comblaient ma solitude, passaient du temps en couple ou en famille.

Moi, je n'avais ni copain ni maison où rentrer.

À dire vrai, si, j'en avais une, composée de ma mère, de mon beau-père et de mon petit frère né de leur union. Mais ce n'était pas *ma* famille.

Professionnellement, je n'arrivais à m'établir nulle part. J'étais un véritable oiseau de passage.

Arrivée en haut des marches, j'ai à nouveau soufflé.

Quand soudain, dans la rue, une voix enjouée m'a fait tourner la tête.

— Tenez, nous organisons actuellement un événement pour Noël.

J'étais stupéfaite. Deux sublimes jeunes hommes à l'allure étrangère distribuaient des prospectus en s'exprimant dans un japonais parfait.

L'un avait une coiffure criarde – dorée sur l'extérieur et rose en dessous – et l'autre, un garçon androgyne aux cheveux argentés, me tendait le papier d'un air impassible.

Ils étaient si beaux. Pourtant, les passants les ignoraient, comme s'ils étaient invisibles.

Cherchaient-ils des recrues pour une agence de mannequinat ?

Je leur ai jeté des coups d'œil, jugeant leur attitude suspecte.

Seul un homme en costume d'environ trente-cinq ans a accepté leur brochure.

— Seriez-vous intéressée par de l'art, pour Noël ?

J'ai été rassurée. Ils semblaient distribuer des publicités pour une vente de tableaux.

Forcément, les gens qui n'étaient pas férus d'art les ignoraient, gênés d'être incités de la sorte à acheter des tableaux à des tarifs sans nul doute exorbitants.

J'ai acquiescé, et le garçon aux cheveux bicolores s'est subitement rapproché de moi. Affolée, j'ai écarquillé les yeux.

— Tiens, mad'moiselle.

Il m'a tendu un tract, son large sourire révélant de grandes canines.

Sur le document, j'ai lu : « Illuminations de Noël au musée de la sculpture Asakura ».

— Le musée de la sculpture Asakura...

Il s'agissait d'une collection gérée par l'arrondissement de Taito.

— N'hésite pas, c'est tout près d'ici ! a précisé le garçon excentrique en me montrant le plan sur la feuille.

Un vrai musée, cela n'avait rien de suspect.

Comme je n'avais pas envie de rentrer chez moi, c'était exactement ce dont j'avais besoin.

Le papier sous les yeux, je me suis mise en route.

Le bâtiment était réellement à quelques minutes de marche de l'escalier. C'était un musée dédié à Fumio Asakura, sculpteur en activité dans la première moitié du XXe siècle.

Avec sa façade à dominante noire et son entrée arrondie, la construction d'inspiration à la fois japonaise et occidentale cumulait une apparence rétro et moderne.

Les arbres du jardin étaient parés de guirlandes électriques à l'occasion des fêtes de fin d'année.

Ce musée, qui à l'accoutumée fermait à 16 h 30, restait ouvert exceptionnellement plus tard. Mais il n'y avait pas foule pour autant.

Les décorations n'étaient pas si nombreuses et la majorité des passants ne devaient même pas être au courant de cette ouverture spéciale. J'ai alors mieux compris le pourquoi de leur distribution de tracts publicitaires.

Tout à coup, le jeune homme en costume aperçu plus tôt m'a précédée pour entrer dans le musée. Je l'ai regardé attentivement, ayant l'impression de l'avoir déjà vu quelque part. Mais où ? J'avais beau y réfléchir, je ne m'en souvenais pas.

— Peu importe.

J'ai pénétré dans cet endroit exigu et remarqué une roulotte garée dans un coin. Un panneau arborait une illustration de la pleine lune. Ça ressemblait à un café ambulant.

Malgré son atmosphère charmante, il était désert. Peut-être vendait-il du café seulement en journée ?

Finalement, je me suis engouffrée dans le musée.

3

Il fallait se déchausser dès l'entrée, ce qui était inhabituel.

J'ai glissé mes chaussures dans un sac plastique, payé le droit d'entrée et récupéré mon billet ainsi que la brochure.

J'ai commencé par lire la biographie de Fumio Asakura avant de suivre l'itinéraire conseillé.

Ce sculpteur était originaire de la préfecture d'Oita, dans le sud du Japon. En 1907, il avait obtenu son diplôme de l'école d'art de Tokyo (aujourd'hui l'université des arts de Tokyo), puis, en tant que premier sculpteur à recevoir l'ordre de la Culture, il avait dominé le monde de la sculpture au Japon.

J'ai laissé échapper un murmure d'étonnement.

Suivant le sens de la visite, je suis entrée dans la première salle d'exposition.

Je me suis arrêtée face à la statue gigantesque d'un moustachu en costume, assis sur une chaise. Un instant, sa position m'a rappelé le président Lincoln. Le modèle était Jutaro Komura, un diplomate de l'ère Meiji.

La sculpture en pied de l'ancien premier ministre Shigenobu Okuma était elle aussi d'une puissance incroyable.

Je n'y connaissais rien à l'art, mais manifestement, Asakura était un artiste qui utilisait pour modèles des personnalités qui avaient de la prestance.

J'ai continué la visite, avec le sentiment de toucher du doigt l'aura des grands hommes de cette époque.

Autrefois, ce lieu avait été l'atelier et le domicile d'Asakura.

Après avoir traversé son cabinet de travail, on arrivait face à une porte vitrée munie de barreaux en bois, qui ouvrait sur un couloir avec un plancher. Au-delà, s'étendait un jardin japonais soigneusement entretenu.

Alors que l'architecture, jusque-là, rappelait le début du siècle occidental et japonais, subitement, on se sentait dans une résidence traditionnelle japonaise.

L'étage donnait vue sur le jardin intérieur. Dans un bassin, de grandes carpes *koi* nageaient paisiblement.

— On dirait une auberge de luxe.

Le bâtiment et la vue sur le jardin étaient magnifiques.

— J'ignorais qu'un si bel endroit se cachait dans ce quartier résidentiel.

J'ai fait mon petit tour, émerveillée, puis je me suis rechaussée afin d'emprunter l'escalier extérieur menant au toit.

Il y avait une seconde exposition en bas, alors ignorant le fléchage, j'ai descendu l'escalier.

Cette pièce, nommée « L'espace des orchidées », avait autrefois été une serre.

Sous un toit pentu entièrement vitré, une gigantesque fenêtre ronde permettait de contempler le jardin.

Avec ses murs et son plafond tout blancs, elle aurait mérité de s'appeler « L'espace blanc immaculé » au lieu de « L'espace des orchidées ».

— … Ou plutôt « L'espace des chats » !

Car toutes les statues exposées représentaient des félins.

Notamment un chat endormi et un autre en chasse, qui étaient si réalistes qu'on aurait cru entendre l'un respirer dans son sommeil et l'autre, être prêt à bondir.

Fumio Asakura avait dû être un grand passionné de chats.

— C'est trop chou…

Ravie de m'être introduite dans cette pièce, je me suis ensuite dirigée vers le jardin sur le toit, dont Asakura semblait être le précurseur au Japon.

Une fois dehors, j'ai ouvert des yeux ronds comme des billes.

— Oh…

Le soleil était déjà couché, le ciel était bleu nuit.

Des guirlandes électriques étincelaient dans la végétation.

Je m'étais exclamée ainsi de surprise à la vue du panneau « Café de la pleine lune ». Y était rajoutée la mention : « Ouverture exceptionnelle le 24 décembre ».

Dans ce petit jardin, un comptoir assorti de deux chaises hautes permettait à deux clients de prendre place.

— Bienvenue.

Un serveur affublé d'un déguisement de chat géant vêtu d'un tablier, ainsi que deux sublimes étrangères – une brune et une blonde – m'ont accueillie avec le sourire.

Le garçon aux cheveux bicolores et le jeune homme à la chevelure argentée qui distribuaient des prospectus étaient là aussi.

Dévoilant ses grandes dents, le jeune aux cheveux dorés et roses est venu à ma rencontre et a passé son bras autour de mes épaules.

— Ah, t'es venue ! Je suis grave content.

— Ouranos, c'est du harcèlement sexuel… a grommelé la belle brune.

— Déso, a-t-il dit en s'empressant d'ôter son bras, avant de poursuivre d'un ton galant. Je vous en prie, venez au comptoir !

— Merci, ai-je répondu avec un petit rire, et j'ai pris place.

Le magnifique comptoir ne paraissait pas improvisé pour l'occasion.

Moi excepté, il y avait un autre client assis à mes côtés : l'homme en costume que j'avais déjà croisé deux fois.

Cet homme… j'avais vraiment l'impression de l'avoir déjà vu quelque part.

Il était plutôt beau, le genre qui vous reste en mémoire dès la première rencontre.

Il a dû sentir mon coup d'œil furtif, car nos regards se sont croisés, et j'ai baissé la tête.

— Bonsoir, m'a-t-il dit, m'arrachant un sourire maladroit. Ça fait longtemps qu'on ne s'était pas vus.

— Quoi ?

— Tu ne te souviens pas de moi, on dirait ?

Confuse, je l'ai fixé. Je l'avais déjà vu. J'en étais sûre. Peut-être dans l'une des entreprises où j'avais travaillé comme intérimaire ?

Mince, ça ne me revenait pas du tout. Donc, je ne savais pas trop comment me comporter avec lui. J'ai fui son regard tant j'étais stressée.

— J'imagine que ma franchise te met mal à l'aise. Excuse-moi, m'a-t-il dit d'un air penaud, mais avec le sourire d'un honnête homme.

— Euh… Où nous sommes-nous rencontrés ? ai-je demandé timidement.

Ma question l'a stupéfié, avant de le faire exploser de rire.

— Alors tu ne te souviens vraiment pas de moi ! Dommage.

— Je suis désolée.

— Ne t'en fais pas, c'est comme ça. Au fait, tu habites dans le coin, maintenant ?

J'ai légèrement secoué la tête. Il avait changé de sujet avec une telle aisance.

Il semblait bel et bien m'avoir connue par le passé.

— Non, je sors du travail.

— Tu vas sans doute rentrer chez toi pour fêter Noël.

— Ce n'est pas prévu, car je vis seule et je n'ai pas de copain.

J'ai aussitôt regretté mes paroles. Il pourrait prendre ça pour de l'auto-apitoiement et pour une invitation à me proposer de passer la soirée ensemble. Je ne voulais pas qu'il se méprenne sur moi. Mais il a soudain pris un ton sérieux.

— D'accord… a-t-il murmuré d'une voix grave.

J'ai penché la tête, me demandant ce qu'il avait pour changer ainsi d'attitude.

— Et si on fêtait Noël ici, pendant un petit moment ?

— Vraiment ? ai-je lancé les yeux scintillants.

Je n'ai pas eu le temps de manifester davantage mon étonnement qu'il levait déjà la main à l'intention du chat géant.

— Patron, servez-nous quelque chose, s'il vous plaît.

— Très bien, a répondu celui-ci en courbant la tête avant de quitter le toit.

— Comment ça, « quelque chose » ?

— Le Café de la pleine lune ne prend pas de commandes.

— Quoi ?

— Le patron sert aux clients ce qu'il estime leur convenir parfaitement.

— Et si ce n'est pas à notre goût ? Et si on a des allergies ? me suis-je inquiétée.

— C'est vrai, a-t-il répondu en riant. Dans ce cas, il suffit de le lui dire, non ?

— Je ne pense pas en être capable…

— Tu es sûre ?

— Oui. Je passe mon temps à m'inquiéter de la réaction des gens et je fais comme si j'étais une belle personne…

Je me confiais à un inconnu, même si on s'était de toute évidence déjà vus. Mais c'est justement de n'avoir aucun contact avec lui qui rendait cela possible.

Je gardais tête basse, quand un membre du personnel s'est rapproché d'un pas léger.

C'était une jeune femme à l'air candide, les cheveux blonds et les yeux bleus, aussi sublime qu'une star hollywoodienne.

— Je vous souhaite la bienvenue à mon tour. Je m'appelle Vénus, mais tout le monde me surnomme « Vén' ». Aujourd'hui la cuisine est en bas, cela prend un peu de temps avant de vous servir. Veuillez nous en excuser, a-t-elle ajouté, puis elle nous a offert un verre d'eau à chacun.

Je me suis souvenue du véhicule stationné dans l'enceinte.

— Vous parlez de la roulotte à l'entrée ?

— Tout à fait, a-t-elle répondu d'un air enjoué. Peut-on discuter en attendant ? J'ai quelque chose à vous demander.

— À moi ? ai-je lancé.

— Oui. Est-ce que vous connaissez votre « désir profond » ?

Cette question inattendue m'a laissée sans voix.

— Mon désir profond ?

— Absolument, a-t-elle confirmé avec un grand hochement de tête en s'exprimant dans un japonais impeccable. L'autre jour, notre patron a affirmé que dans les temps à venir, il serait important de connaître son désir profond. Mais pensez-vous qu'il soit réellement nécessaire de le *connaître* ? Est-ce que chacun ne le connaît pas déjà ?

— Je pense que si.

— Luna – la brune, là-bas – lui a répondu : « Beaucoup pensent en avoir conscience, mais l'ignorent en vérité, car il demeure au fond d'eux-mêmes. » Quel est votre avis à ce sujet ?

J'ai réfléchi, bras croisés.

En effet, quel était mon désir profond ?

— Gagner à la loterie, peut-être ? ai-je dit en mentionnant la première chose qui me venait à l'esprit.

Ma réponse a fait éclater de rire mon voisin de comptoir et Vénus a paru dubitative.

— Pourquoi ?

— Eh bien, parce qu'avec de l'argent, on peut faire tout ce qu'on veut.

— Si vous étiez assez riche pour assouvir tous vos désirs, que feriez-vous ?

— Euh, je vivrais à fond, je ferais des voyages, du shopping, je m'achèterais un appartement, je démissionnerais !

J'ai ri.

Vénus m'a lancé un regard sérieux.

— C'est ça, votre désir profond ?

Des paillettes d'or scintillaient dans ses iris bleus aussi beaux que ceux d'un chat.

L'insistance de son regard m'a désarçonnée.

— Ce souhait est superficiel, il ne vient pas du fond du cœur. Peut-être que le patron et Luna ont raison, en fin de compte… a marmonné Vénus en me regardant d'un air peiné. Je suis désolée. Je suis quasiment sûre que ce désir ne se réalisera pas.

Je me suis recroquevillée, le visage crispé.

— Oui, je le sais. Je n'ai aucune chance de gagner.

— C'est faux. Si c'était votre désir profond, il aurait le pouvoir de s'accomplir. Mais un souhait éloigné de vos pensées réelles ne se concrétise pas.

— Comment ça ? Je veux vraiment gagner à la loterie !

Je savais que je ne gagnerais pas, mais j'en avais vraiment envie.

— Hmm, a cogité Vénus. Vouloir gagner à la loterie, c'est vouloir de l'argent, n'est-ce pas ?

Sa franchise m'a décontenancée, mais j'ai fait signe que oui.

Alors, elle a sorti une carte de carreau de sa poche.

— En réalité, l'argent est un bon pour une expérience.

Elle a retourné la carte, où au verso figurait le dessin d'un garçon qui partait en voyage.

— L'expérience d'un voyage, d'un bon plat, d'un achat de maison. L'argent est un ticket échangeable contre ce genre de choses.

Elle a posé la carte sur la table et m'a fixée à nouveau.

— Les étoiles soutiennent ceux qui veulent vivre des expériences. Dans ce but, elles se préparent à remettre des bons – de l'argent – et pour cela, elles demandent aux humains quel est leur souhait. Mais si vous leur répondez : « Donnez-moi n'importe quel bon », elles seront perdues. Même si elles veulent vous en offrir un, elles ne le pourront pas. Penser « Je veux gagner à la loterie », c'est exactement cela.

J'ai enfin compris ce qu'elle voulait dire.

— Oui, maintenant que vous me le dites, j'ai pensé que je vivrais mieux si j'étais riche et j'en ai conclu que je voulais gagner à la loterie.

— Bien sûr, certains pensent « Je veux vivre l'expérience de gagner à la loterie ». Cela devient leur désir profond, qui possède la force de se réaliser. Mais quand vous dites « Je veux gagner à la loterie », ce n'est pas votre véritable souhait, c'est une manière d'éviter de faire face à vous-même.

— Quoi !

Je l'ai dévisagée avec effarement, mais elle a pouffé de rire, l'index en l'air.

— Donc, puisque l'argent est juste un ticket pour une expérience, je vous le redemande. Que souhaitez-vous ?

J'ai gardé le silence.

Je voulais un appartement et ne plus travailler.

Mais comme Vénus l'avait constaté, ce n'étaient pas des désirs profonds, seulement une manière de fuir.

Que désirais-je ? J'ai réfléchi intensément. La réponse à laquelle j'ai finalement abouti m'a paru sans intérêt.

— Je veux un CDI.

— Dans ton entreprise actuelle ? a demandé mon voisin.

J'ai baissé les yeux, encore une fois à court de mots.

Il ne s'agissait pas de ça.

Si je pouvais obtenir un CDI, je serais satisfaite quelle que soit l'entreprise.

Qu'est-ce que ça signifiait ?

Dans une totale incompréhension de moi-même, j'ai poursuivi ma réflexion.

Et au bout d'un moment, j'ai entraperçu une envie au fond de moi.

Je l'ai repoussée, refusant de l'admettre, puis j'ai accepté de l'affronter.

— Je me suis trompée… Je veux être considérée comme essentielle.

Le mettre en mots a exacerbé ce désir profond. J'en ai eu les larmes aux yeux.

— Par qui ? a demandé mon voisin.

— Personne en particulier, ai-je dit en riant comme pour me moquer de moi-même.

Je voulais que la société, une entreprise, quelqu'un me juge indispensable.

— Pourquoi ? m'a gentiment demandé Vénus.

Mon père était mort quand j'avais huit ans, un soir de Noël enneigé.

Il sortait du travail et se dépêchait d'aller m'acheter un cadeau, car le magasin de jouets allait fermer.

Il avait traversé la route à un endroit sans feu tricolore et une voiture l'avait renversé. Il était mort presque sur le coup.

Personne ne l'avait dit, mais tout le monde considérait que mon père était mort à cause de moi.

Après son décès, la vie familiale avait radicalement changé. Ma mère, devenue maman solo, avait pris un emploi et rentrait épuisée tous les soirs.

Dès que je regardais son visage, j'avais le sentiment qu'il m'accusait.

Aussi, à la maison, j'essayais d'être le plus positive et énergique possible, d'être une enfant sage qui participait aux tâches ménagères et ne causait jamais le moindre souci.

J'avais prétendu être ravie du remariage de ma mère, alors que j'étais bien loin de m'en réjouir.

J'avais fait semblant d'aimer mon beau-père, de trouver adorable mon frère qui venait de naître. Mais je savais bien que je dérangeais.

Ma mère et mon beau-père me lançaient : « Rentre à la maison de temps en temps pour partager avec nous ta joie de vivre », mais ce n'était que du vent. J'étais inutile et indésirable.

Alors je voulais être essentielle au moins sur mon lieu de travail, mais on ne m'embauchait pas. J'avais échoué à tous les postes où je m'étais démenée. J'étais devenue intérimaire, et dans mes emplois, je m'escrimais toujours plus que je ne le devais. Malgré tout, aucune entreprise ne m'avait proposé un CDI. Où que j'aille, j'avais le sentiment d'être inutile.

— Voilà pourquoi je voudrais être considérée comme essentielle et être embauchée, ai-je repris, prête à fondre en larmes.

Je gardais la tête inclinée, quand j'ai entendu un bruit, comme quelque chose qu'on dépose un peu brusquement.

J'ai relevé les yeux et découvert un mont-blanc marron foncé, sur une assiette blanche.

Une châtaigne dorée trônait au sommet du gâteau. De la poussière d'or était saupoudrée sur le dessert incrusté de noix et de noisettes effilées et de fraises séchées.

— Merci pour votre patience. Voici le « mont-blanc de la nouvelle lune », a annoncé le patron, d'humeur joviale.

— De la nouvelle lune… ?

J'ai regardé le ciel, où brillait une lune éblouissante.

— Ce n'est pas ce soir. Ce mont-blanc a été concocté avec de précieuses châtaignes qui ont reposé sous la lumière invisible de la nouvelle lune.

J'ai regardé le patron en essuyant les larmes aux coins de mes yeux.

— Elles sont plus savoureuses ainsi ?

— La nouvelle lune possède le pouvoir de concrétiser les souhaits. Ce gâteau est imprégné de l'espoir que vous preniez conscience de votre désir enfoui et qu'il se réalise.

J'ai souri.

— Je vous remercie. Justement, je viens juste de le découvrir.

Je voulais être essentielle aux yeux de quelqu'un.

Voilà quel était mon souhait.

Alors, le patron et Vénus se sont regardés joyeusement.

— Vous avez probablement raison, mais je pense que vous en avez un autre bien plus important, a décrété le patron.

Vénus a vivement acquiescé.

N'y comprenant rien du tout, j'ai grimacé.

— Votre lune est en Poissons, alors il est peut-être difficile pour vous d'en prendre conscience aujourd'hui.

— Poissons ? Non, je suis née en décembre, je suis Sagittaire… ai-je corrigé, sceptique.

— Et si tu mangeais ? m'a rappelé mon voisin en riant doucement.

— Oui… ai-je répondu en lui lançant un regard.

Un dessert rond et un café lui avaient été servis.

— Voici le « trou noir enrobé de chocolat ». J'ai créé cette petite sphère en chocolat à partir d'un trou noir qui aspire la lumière, a expliqué le patron.

— Ah, ça me fait plaisir. Merci, patron. Je vais me régaler.

Il a porté son café à ses lèvres et a plissé les yeux de délectation, en ajoutant « C'est délicieux ». Comme s'il voulait avant tout boire le café, il n'a pas touché au gâteau.

— Merci pour ce dessert, ai-je dit en saisissant ma fourchette.

Le « mont-blanc de la nouvelle lune » était doux et léger, comme gonflé d'air. Il faisait forte impression par sa saveur puissante, mais pas trop sucrée.

Le cœur renfermait un cheesecake crémeux d'un rafraîchissant goût lacté. Il accompagnait à merveille la châtaigne, dont il atténuait l'intensité.

— … C'est délicieux. Vraiment.

Cette saveur m'enveloppait, me remerciait pour tous les efforts que j'avais fournis jusqu'à ce jour.

— J'en suis ravi, m'a dit aimablement mon voisin. Moi aussi, j'ai enfin pu boire ce café et mon vieux rêve s'est réalisé.

— Vous aviez envie d'un café à ce point ?

Peut-être avait-il arrêté d'en consommer ?

Je m'interrogeais, lorsqu'il a eu un rire étrange avant de plonger son regard dans le mien.

— Parce que j'ai pu te revoir.

— Quoi ?

— Je suis heureux de t'avoir revue, Koyuki.

L'entendre subitement prononcer mon nom m'a abasourdie.

J'ai croisé son regard. Il a souri d'un air triste.

— Pardon.

Comment connaissait-il mon nom ? Pourquoi s'excusait-il ?

Je l'ai observé, perdue.

Et cet intense échange de regards a fait jaillir un souvenir de ma mémoire.

Mais oui !

Comment avais-je pu l'oublier ?

De minces flocons se sont mis à tomber.

Il neige.

— Le 24 décembre, il y a quatorze ans… j'ai travaillé très tard alors que c'était le soir de Noël, mais je voulais à tout prix t'acheter le jouet dont tu avais envie, alors j'ai quitté le bureau précipitamment.

Mon cœur a tambouriné dans ma poitrine.

— Mais ce n'est pas pour ça que je me suis jeté sur la route. J'ai vu un chat immobile qui risquait de se faire écraser par une voiture. Je n'ai pas pensé aux conséquences. Je vous ai fait de la peine, à toi et à Maman… Le seul point positif, c'est que j'ai réussi à sauver le chat !

C'était vrai.

À l'époque, j'appelais mon père « Papa » et ma mère « Maman ». En ma présence, mon père aussi appelait ma mère ainsi.

Mon cœur palpitait toujours aussi fort. Je tremblais de tout mon être et j'ai même été saisie par un vertige.

Parce que… c'était impensable.

La souffrance de ma mère avait été telle qu'elle n'avait pas encadré la photo de mon père sur l'autel bouddhique, comme le veut la tradition. Et moi, me sentant responsable, j'avais tout fait pour éviter de me rappeler son visage.

Il était très gentil, intelligent, mais aussi bel homme.

Je l'adorais tellement…

Alors je m'étais mise à haïr ce jour qui me l'avait volé.

— Depuis ta naissance, j'ai toujours eu hâte que tu grandisses pour qu'on profite d'une sortie à deux, comme maintenant. Cet accident prématuré était vraiment trop bête, a-t-il confié, ému, tout en sirotant son café.

La gorge nouée, je n'ai rien pu répondre.

Il a admiré mon visage, en me caressant délicatement la tête avec ses grandes mains.

Lui qui était adulte affichait le sourire insouciant d'un enfant.

C'était, à n'en pas douter, le père enfoui dans mes souvenirs.

— Papa, c'est vraiment toi ? ai-je demandé d'une petite voix.

— Koyuki, excuse-moi. Papa n'est pas mort à cause de toi. Et ce n'est pas non plus la faute du chat. C'était inévitable.

Il a entouré ma tête de ses mains.

— Non, c'est moi… Je suis désolée.

Même face à lui, j'avais été incapable de le reconnaître.

Je tremblais, les yeux humides, mais les larmes ne coulaient pas, peut-être sous l'effet du choc.

— Mais non. Tu étais encore petite.

Il a déposé une écharpe autour de mon cou.

— Il y a aussi le fait que Maman ait trouvé quelqu'un d'autre… J'étais malheureuse, mais j'ai prétendu le contraire… ai-je confié, comme si je recrachais enfin ce qui était coincé au fond de ma gorge.

J'avais toujours considéré que c'était mal vis-à-vis de mon père.

J'avais remisé ses affaires qui m'étaient précieuses, j'avais bien accueilli mon beau-père et fait mine de l'adorer. Et je ne me supportais pas d'agir ainsi.

J'étais désolée envers mon père et ne pouvais pas me pardonner mes mensonges.

— Koyuki, ce n'est rien. J'ai toujours veillé sur Maman qui a traversé tant d'épreuves. J'étais content qu'elle arrive à passer à autre chose.

Il m'a fixée, moi qui restais muette, puis il m'a adressé un sourire.

— C'est probablement difficile à comprendre pour les vivants, mais la plus grande joie de ceux qui sont passés dans l'au-delà est de voir leur famille heureuse. J'étais sincèrement content quand Maman a trouvé le bonheur avec un autre homme.

— … Vraiment ?

— Oui, a-t-il insisté avec un grand geste de la tête. J'ai été profondément rassuré que ton beau-père soit une belle personne. Il était très gentil avec toi aussi, non ?

Je n'arrivais pas à accepter ses paroles.

— Seulement par amour pour Maman.

J'ai détourné le regard.

— Tu sais, quand tu étais encore dans le ventre de Maman, tu étais censée naître à Noël.

— Oui.

Je le savais déjà.

— C'est pour ça que tu avais choisi mon prénom avant ma naissance, ai-je répondu. Si tu avais une fille, tu voulais l'appeler Koyuki, n'est-ce pas ?

— Oui. Et nous avions pensé à un autre prénom.

Ça, je l'ignorais.

— Si c'était un garçon, nous voulions l'appeler Sei, comme le premier idéogramme de *Seiya*, la nuit sainte.

— Sei… Sérieusement ? ai-je dit en relevant la tête, surprise.

C'était le nom de mon demi-frère.

— Bien sûr. Comme ton beau-père était d'accord, ils ont appelé leur garçon ainsi. Ton beau-père est bon et possède un grand cœur, alors rassure-toi, Koyuki. Il était résolu à devenir ton papa.

Incapable d'émettre un son, je me suis contentée de le regarder.

Qu'avais-je fait jusqu'à ce jour ?

Je m'étais accusée de sa mort, et alors que je voulais le garder dans ma mémoire, je l'avais oublié.

J'avais prétendu accepter mon beau-père, persuadée qu'il simulait sa gentillesse.

Tout était faux.

Pourquoi avais-je tout déformé de la sorte… ?

C'était lié au fait que je culpabilise.

J'ai ouvert grand les yeux.

Enfin, j'avais compris.

Mon désir profond, c'est…

— Me pardonner…

À la seconde où j'ai prononcé ces mots, des larmes ont inondé mes yeux. Je ne ressentais pas de tristesse, mais soudain, j'ai éclaté en sanglots, comme libérée.

J'avais toujours souffert. Je m'étais toujours blâmée, sans jamais me pardonner.

Il était impossible qu'on me choisisse, étant donné qui j'étais. Au fond de moi, je jugeais que je ne le méritais pas. Je m'étais refusé le bonheur. Je m'étais bien comportée, pensant devoir expier ma faute. En vérité, ma situation actuelle, le fait de ne pas être choisie, je l'avais souhaitée moi-même.

Tout prenait sens.

Mes larmes intarissables me déchargeaient de ma douleur.

— Quelle merveilleuse soirée ! J'ai pu discuter avec toi. Il m'a fallu attendre quatorze ans pour que ce miracle se produise… a déclaré mon père d'un ton allègre.

Il a plongé sa cuillère dans le « trou noir enrobé de chocolat ». Au cœur de la sphère cacaotée, des étoiles scintillaient avec éclat.

— C'est incroyable, a-t-il ajouté en le portant à ses lèvres.

À chaque bouchée, son corps diffusait une lumière de plus en plus blanche.

— Papa !

Je me suis levée, et comme neige qui fond, sa silhouette s'est évaporée, ne laissant qu'une lumière étincelante.

4

PAPA.

Quand j'ai essuyé mes pleurs et relevé la tête, je n'étais plus dans le jardin sur le toit.

Je me tenais devant le portail fermé du musée. La roulotte et les décorations de Noël avaient disparu.

— Mais… ?

Alors que, quelques minutes plus tôt, la lune flottait dans le ciel, nous étions maintenant au soleil couchant.

Avais-je fait un rêve éveillé ?

— Qu'est-ce qui m'est arrivé ?

Mes yeux et mes joues étaient encore mouillés de larmes.

En pleine confusion, je les ai essuyées à nouveau et j'ai remarqué une écharpe autour de mon cou.

Le sourire de mon père à l'instant où il me l'avait donnée m'est revenu et une vive émotion s'est emparée de moi.

J'ai regardé l'heure sur mon smartphone. Peu de temps s'était écoulé depuis que j'avais quitté la rue commerçante.

J'ai tourné les talons et j'y suis retournée.

— Excusez-moi, pourrais-je avoir le gâteau, finalement ?

Le dirigeant du syndicat, me voyant revenir brusquement, a déclaré d'un air satisfait :

— Bien sûr ! Mais que s'est-il passé ? Tes amis te rendent visite ?

— Non, je pensais rentrer dans ma famille.

Ils avaient certainement déjà un gâteau de Noël. Mais comme nous serions quatre, nous pourrions manger ce petit dessert supplémentaire.

Je souhaitais passer un beau réveillon en compagnie de mon beau-père, de ma mère et de mon frère.

Quand je suis sortie de la rue commerçante, l'entremets entre les mains, des flocons de neige blanche et scintillante virevoltaient dans le ciel qui s'était légèrement assombri.

Merci, Papa.

Merci à tous au Café de la pleine lune...

Songeuse, j'ai caressé mon écharpe.

La tête droite, je me suis dépêchée de rejoindre la gare.

Quelle nuit miraculeuse...

INTERLUDE

Les illuminations de Noël brillaient encore dans le jardin situé sur le toit du musée de la sculpture Asakura.

Koyuki Suzumiya et son père, assis aux sièges du comptoir il y a peu, étaient à présent partis.

Dès le moment où le Café de la pleine lune avait été fermé aux clients, le jardin était devenu le lieu de la fête de fin d'année du personnel.

— Merci à tous pour votre bon travail. Avec ces cocktails, trinquons à la réussite des deux demandes que nous avons remplies.

Le patron gardait forme féline non seulement en présence des clients, mais aussi de ses congénères.

Il avait concocté des boissons pour toute son équipe, sans prendre aucune commande.

— Patron, je m'occupe du service.

Luna a noué ses longs cheveux noirs en une queue-de-cheval, puis elle a distribué les verres.

Outre le patron, Luna et moi – Vénus –, il y avait aussi Mercurius, Mars, Jupiter, Saturnus et Ouranos.

Après nous être assurés que chacun avait un verre, nous les avons levés.

— Pluto le beau gosse et l'étrange Neptunus sont pas là, comme d'hab ? a demandé Ouranos, avec ses cheveux blonds et roses, un rictus barrant son visage.

Il jouait aux échecs à une petite table contre Mercurius, beau jeune homme à la chevelure d'argent.

— Tu sais bien qu'ils ne sont pas du genre à participer à ce genre de petite sauterie, a murmuré Mercurius, un pion à la main.

— Ouais, je sais. En plus, c'est des Transsaturniens.

— Mais toi aussi !

« Transsaturnien » désignait les planètes au-delà de Saturne, c'est-à-dire Uranus, Neptune et Pluton.

Les planètes jusqu'à Saturne, visibles à l'œil nu depuis la Terre, représentaient le conscient ; les trois suivantes, transsaturniennes et invisibles, évoquaient l'inconscient.

— En vrai, tout comme eux, je suis aussi inaccessible qu'une star, a repris Ouranos. Mais je suis débordé depuis qu'on est dans l'ère du Verseau. Quand ça se tassera, je m'éloignerai à nouveau, en bon Transsaturnien !

Il a ri à gorge déployée. Mercurius a paru mécontent.

— Fais pas cette tête-là, mon frère, a dit Ouranos. Je pars pas tout de suite.

— … Tu n'as pas l'air pressé.

Ouranos l'excentrique et Mercurius l'analyste serein. Ces deux personnes qui paraissaient en tous points opposées partageaient en fait un tempérament très similaire et s'entendaient à merveille.

À dire vrai, ce n'étaient pas des « personnes », mais je les ai désignés ainsi car ils avaient actuellement forme humaine.

— Reprenez vite votre partie d'échecs, au lieu de papoter. Après, je joue avec Mercurius, a ordonné Mars, le jeune homme à la chevelure rouge.

Une bière Red Eye à la main, il s'agaçait de voir que la partie n'avançait pas.

S'il était impatient, il savait aussi prendre des initiatives et c'était quelqu'un de droit. Surtout, il était viril, malgré un petit côté puéril.

Il m'intriguait.

— Vén', tu es toujours sous le charme de Mars, ma parole ! a lancé quelqu'un dans mon dos.

J'ai sursauté et me suis retournée sur Jupiter, une femme replète et gaie d'âge moyen, qui me jetait des regards taquins, sa margarita à la main.

— Arrête, Jupiter ! ai-je râlé, embarrassée par mes joues rouges.

— On ne se moque pas des jeunes, l'a réprimandée Saturnus, ce gentleman sévère qui sirotait un gin-tonic au comptoir.

— Désolée. Vén' et Sat', vous êtes au courant ?

— Jupiter, si toi aussi tu te mets à me surnommer ainsi… a-t-il geint, l'air renfrogné.

— Ce n'est pas bien grave, c'est mignon comme nom ! a-t-elle répondu en riant avec indifférence.

Jupiter et Saturnus avaient un caractère diamétralement opposé, mais ensemble, ils détenaient un grand pouvoir et s'acceptaient l'un l'autre.

— Tout comme il existe un langage des fleurs, il existe un langage de l'alcool. Ton gin-tonic exprime une « volonté forte », a continué Jupiter. Sans surprise, le patron a choisi un cocktail qui te correspond parfaitement.

— Oui, a lâché Saturnus, soudain de meilleure humeur.

Cette discussion m'a intéressée, alors j'ai demandé à Jupiter :

— Dis, quel est le sens de mon wine cooler ?

Mélange de vin rosé, de jus d'orange, de sirop de grenadine et de curaçao blanc, ce cocktail très coloré était superbe.

— Il signifie « Prenez mon cœur », a-t-elle répondu en pouffant de rire.

— Quoi !

— On dirait bien que je ne suis pas la seule à me moquer de toi. Mais le patron cherche plutôt à t'encourager, je crois.

— C'est pas sympa…

Gênée, j'ai jeté un coup d'œil à Mars.

Par le plus grand des hasards, il m'observait lui aussi. Nos regards se sont croisés… et nous avons aussitôt détourné la tête.

J'ai porté mon verre à mes lèvres pour dissimuler mes joues empourprées.

— Qu'ils sont mignons ! a lancé Jupiter avec émotion.

— Il ne manquait plus que ça… a râlé Saturnus en haussant les épaules.

— Mais oui, Vén', ce soir c'est le réveillon de Noël ! a poursuivi Jupiter. Profite de l'ambiance pour concrétiser avec Mars ! Sers-lui un wine cooler en lui disant « Voilà ce que je ressens ».

— Ça ne va pas, non ?

Je roulais des yeux, quand Saturnus a poussé un énorme soupir.

— Je ne suis pas du tout d'accord. Il ne faut pas profiter d'une ambiance afin de faire évoluer une relation.

— Où est le mal ? a protesté Jupiter en faisant la moue, les bras tendus. L'ambiance festive de Noël donne un coup de pouce à l'amour, non ? C'est l'allié des amoureux.

— Si deux personnes s'aiment, il faut suivre la procédure sans se laisser happer par une atmosphère joyeuse, a tranché Saturnus.

— Mais l'amour, c'est joyeux !

— Pourtant…

— Il faut dire que toi, tu préfères les mariages arrangés aux mariages d'amour.

— Rien ne vaut deux personnes qui s'apprécient après une rencontre approuvée par les parents.

— Quel romantique ! a ironisé Jupiter.

— Il peut très bien y avoir de l'amour dans un mariage arrangé.

— Peut-être, mais bon.

J'ai fait la grimace, car ces deux-là étaient vraiment incorrigibles.

Ils avaient beau s'accepter l'un l'autre, leurs caractères restaient diamétralement opposés. Et dans ce genre de situation, ils étaient irréconciliables.

Pour changer de sujet, j'ai désigné le cocktail de Jupiter.

— Ta boisson, c'est bien une margarita, n'est-ce pas ?

— En effet.

— Elle transmet quel message ?

— « Un amour muet », a-t-elle répondu, la main sur la poitrine.

— Ça ne te ressemble pas, toi qui cancanes tout le temps ! a raillé Saturnus.

— Ce n'est pas sympa de ta part ! Je donne toujours énormément d'amour à tous, sans rien dire. Exactement comme le père de Koyuki.

Ces propos m'ont rappelé les clients partis tout à l'heure – Koyuki et son père.

Moi aussi, j'avais été émue par l'amour de ce père, qui avait toujours secrètement veillé sur sa fille.

Mais je n'avais pas tout compris.

— Jupiter, je n'ai pas bien saisi les paroles du patron à l'attention de Koyuki.

— Lesquelles ?

— À propos du désir profond…

J'ai répété les paroles du patron :

« Votre lune est en Poissons, alors il est peut-être difficile pour vous d'en prendre conscience aujourd'hui. »

— Quel est le lien entre la lune en Poissons et la difficulté à prendre conscience de son désir profond ? ai-je demandé.

— Parce que la lune manque d'expérience, a lancé derrière moi une voix cristalline.

C'était Luna, qui tenait à la main un violet fizz – un cocktail d'un mauve éclatant, comme ses iris.

Elle s'était détaché les cheveux, probablement parce qu'elle avait fini le service.

Sa brillante chevelure noire et raide étincelait sous la lueur de la lune.

— Luna !

J'admirais cette femme sublime, mystérieuse, mais aussi nonchalante.

Cependant, sa réponse m'était obscure.

— Comment ça, la lune est inexpérimentée ?

Elle a glissé une mèche de ses longs cheveux derrière son oreille.

— Tu te souviens que l'âge de la lune désigne la période de la naissance jusqu'à sept ans ?

Il s'agissait d'explications données par le patron à une cliente, il y a quelque temps, à propos de la théorie des âges.

Tout commençait par notre satellite.

— La lune, qui représente l'enfance, est le caractère inné. C'est la partie de soi-même proche des instincts. Celle qui manque d'éducation, de sagesse. Voilà pourquoi on parle de manque d'expérience.

J'ai hoché la tête en silence.

Il est vrai que de la naissance jusqu'à l'âge de raison, les humains étaient si inexpérimentés qu'on ne pouvait pas les quitter du regard.

— Le signe solaire est l'aspect extérieur d'une personne. Ce sont des caractéristiques apparentes que beaucoup d'humains utilisent ouvertement. Prenons le signe du Taureau : si une personne avec le soleil en Taureau mesurait ses compétences contre une autre avec la lune en Taureau, la première gagnerait quoi qu'il arrive.

Ce devait être vrai.

Le signe solaire était lié à notre personnalité visible par les autres, tandis que les caractéristiques du signe lunaire restaient en retrait.

— De ce fait, le signe lunaire génère facilement un complexe. Par exemple, ceux qui ont la lune en Taureau ont tendance à souffrir d'un sentiment d'infériorité vis-à-vis de ceux avec le soleil en Taureau.

C'était intéressant.

— Parce que tout en ayant les mêmes caractéristiques, il ne sera pas possible de surpasser celui qui a le soleil en Taureau… en ai-je conclu.

— Exactement, a affirmé Luna. Koyuki, qui était là tout à l'heure, a la lune en Poissons, n'est-ce pas ? Comme la cliente de l'autre fois.

Les propos de Luna m'ont interpellée.

— Oui, Junko aussi avait la lune en Poissons.

Ces événements s'étaient produits deux semaines auparavant.

CHAPITRE 3

Thé glacé aux vies antérieures et au *senko hanabi*

1

DÉCEMBRE ÉTAIT JUDICIEUSEMENT DÉNOMMÉ *shiwasu*, « les moines qui courent », car la ville était en effervescence dès le début du mois.

À l'approche de Noël, les illuminations du centre commercial Iias Tsukuba étaient de plus en plus excitantes.

Sur le chemin du retour, après la rencontre parents-professeurs à l'école primaire de ma fille, nous sommes allées dans la zone de restauration rapide du centre commercial.

Les écoliers en uniformes y étaient nombreux. Peut-être que les cours avaient fini plus tôt aujourd'hui.

Moi aussi, quand j'allais à l'école, je venais ici avec mes amies pour discuter jusqu'à pas d'heure.

Et aujourd'hui… j'ai posé les yeux sur la tendre présence assise à mes côtés.

Ma fille Ayu, en première année de primaire, voulait le cadeau offert pour l'achat d'un donut, afin de faire comme ses copines.

Le menu enfant était en effet accompagné d'un jouet tiré du dessin animé *Ryusei Angel*, une version féminine de super-héros. Le trio d'héroïnes combattait le mal, chacune armée de la force solaire, lunaire ou stellaire.

Le cadeau en question était une baguette magique, et l'on pouvait choisir entre trois modèles : le soleil, la lune ou l'étoile. Je trouvais le croissant de lune magnifique, mais ma fille a opté pour l'étoile.

Elle affichait un sourire rayonnant, sa baguette à la main.

— Ayu, je comprends que tu veuilles jouer, mais n'oublie pas de manger le « donut de Saturne » ! ai-je rappelé en accompagnant la parole d'une caresse dans le dos.

— Oui, a-t-elle répondu en tendant les bras vers le beignet.

Elle l'a attrapé avec ses petites mains et l'a porté à sa petite bouche.

C'était adorable, mais elle mettrait un peu de temps avant de le terminer.

La quantité de nourriture du menu enfant était trop importante pour ma fille et, au final, c'est certainement moi qui le mangerais.

J'avais placé la barre trop haut pour mon régime de maman. Je n'étais toujours pas remise du poids que j'avais lu la veille sur la balance... Si j'étais capable de renoncer aussi facilement à mincir, c'était sûrement en partie parce que j'avais été mère à un âge avancé.

J'avais eu la chance d'avoir ma fille alors que j'avais abandonné l'idée d'être mère, après des années de traitement contre l'infertilité. Pour cette raison, j'avais dix ans de plus que les mamans des camarades de ma fille.

Quand je voyais des jeunes femmes s'irriter ou s'impatienter face au comportement de leur enfant en bas âge, je comprenais. Si j'avais eu la vingtaine ou été en début de trentaine, j'aurais clairement incité ma fille à avaler son goûter plus vite.

Accoucher sur le tard était éprouvant pour le corps, mais c'était plus facile psychologiquement.

J'ai observé ma fille savourant son beignet, puis j'ai parcouru l'espace de restauration du regard.

Des lycéennes brandissaient elles aussi les baguettes magiques offertes en cadeau et je n'ai pas pu m'empêcher d'écouter leur conversation en les scrutant.

— Oh, tu as pris le soleil ? Moi j'ai choisi la lune.

— Le soleil, c'est mon personnage préféré.

De toute évidence, le dessin animé qu'adorait ma fille était aussi populaire chez les adolescentes, et son propos pouvait même plaire aux adultes.

Ce dessin animé, qui parlait de vies antérieures et d'astrologie occidentale, mettait en scène des émissaires des dieux vivant il y a des milliers d'années qui se réincarnaient dans le monde moderne.

Le scénario avait été écrit par une scénariste autrefois en vogue, qui avait temporairement disparu puis refait surface.

Il me semble qu'elle était de ma génération, voire plus jeune de quelques années.

Incapable de me rappeler son nom, j'ai fait une recherche sur mon smartphone à partir du titre du programme, et trouvé qu'il s'agissait de Mizuki Serikawa.

— Ah oui, c'est elle…

Sur Internet, j'ai déniché un entretien entre elle et la productrice Akari Nakayama. *Ryusei Angel* était un dessin animé qu'elles avaient créé en tandem.

— Son nom me rappelle des souvenirs.

J'appréciais ses séries que je regardais souvent autrefois.

Mizuki Serikawa s'était retirée provisoirement du milieu, mais ces derniers temps, les médias ne tarissaient pas d'éloges à son sujet, car elle avait écrit le scénario d'un jeu en ligne de qualité. À présent, elle gérait le script d'un programme pour enfants qui faisait fureur. Elle était bel et bien de retour.

— Maman, tu regardes quoi ? m'a demandé Ayu.

Je lui ai montré l'écran de mon téléphone.

— Mizuki Serikawa est la dame qui a écrit l'histoire de *Ryusei Angel* que tu aimes tant, et Akari Nakayama, celle qui l'a réalisé.

— Ce n'est pas la même qui fait tout ?

— Non, car si on se contente de l'écrire, ça reste un livre. Il faut quelqu'un d'autre pour en faire une série, sinon on ne peut pas la voir à la télé.

Ayu a hoché la tête, fascinée.

— Elles sont trop fortes toutes les deux.

— C'est bien vrai.

Pour une raison que j'ignore, le travail de Mizuki Serikawa me rendait fière. Et en même temps, apprendre dans l'entretien qu'elle n'était ni mariée ni mère de famille m'a inquiétée pour elle sans raison.

Ces pensées m'ont fait culpabiliser.

Quelle horreur ! On dirait mon père !

C'était un homme aux valeurs désuètes qui me rabâchait sans arrêt : « Les femmes n'ont besoin ni d'étudier ni de travailler. Elles doivent se marier rapidement et avoir des enfants. »

Même mon prénom, Junko, « fille pure », reposait sur le principe qu'une femme doit être pure et docile.

Il avait de grandes attentes envers mon petit frère, un garçon obéissant et intelligent. Mais celui-ci avait subi une pression considérable qui l'avait détruit.

Cela remontait à l'époque où il était lycéen et moi étudiante depuis peu. Nous nous étions disputés avec mon père et avions coupé les ponts avec lui.

La tâche m'avait été facilitée par le fait que je venais d'entrer en résidence universitaire.

Je ne retournais presque jamais à la maison, excepté en son absence, et lorsque j'avais envie de voir ma mère, je lui demandais de me rendre visite.

À cause de cela…

Je n'avais pas pu être présente à la mort de Rin, ma chienne adorée.

Son souvenir m'a fait monter les larmes aux yeux.

Il ne s'agissait pas simplement de la perte d'un animal de compagnie.

Rin était un membre à part entière de notre famille.

D'une race croisée qui s'apparentait à un shiba, elle avait d'adorables yeux ronds et me regardait toujours avec une grande joie.

Quand je traversais des moments difficiles à l'école ou que j'étais déprimée après avoir été grondée par mon père, elle se lovait contre moi.

Aujourd'hui, je gardais encore en mémoire le contact de son pelage.

— Le petit chien va bientôt venir !

Les paroles d'Ayu m'ont fait sursauter et revenir à moi.

— Ah, euh, oui.

Nous avions récemment décidé d'adopter une chienne issue d'un refuge, mais elle n'était toujours pas chez nous en raison de formalités administratives.

— Au fait, tu lui as trouvé un nom ? ai-je demandé.

— Hmm… J'ai beaucoup réfléchi, mais je n'arrive pas à choisir.

— Qu'as-tu en tête ?

— Jennifer ou Jasmine.

— … On dirait des noms de princesse.

— Oui, mais peut-être qu'un chien va détester un nom à rallonge…

— C'est possible.

— Comment s'appelait ta chienne ?

À cette question, j'ai à nouveau sursauté. C'était comme si elle avait lu dans mes pensées. Ayu avait cette capacité-là, de temps à autre.

— Elle s'appelait Rin.

— C'est toi qui lui avais donné ?

— Oui.

— Pourquoi ce nom ?

J'ai été un peu déconcertée par cette question.

— Je ne sais plus trop.

Pourquoi avais-je choisi ce nom ?

Bras croisés, j'ai fouillé dans ma mémoire.

M'est apparue la silhouette de la fillette que j'étais, passionnée de voyance et de formules magiques.

Oui, à l'école primaire, je raffolais d'un manga sur la réincarnation qui mettait en scène des personnages se retrouvant après la mort, une fois réincarnés.

J'étais vraiment heureuse qu'on adopte un chien.

Lorsque Rin était arrivée à la maison, mon père, opposé à l'idée d'adopter un animal, m'avait tenu des propos horribles.

« Un chien, ça ne vit pas longtemps. Il mourra vite et tu seras triste. »

Ce fait, énoncé sans la moindre considération à mon égard, était déprimant.

J'étais fâchée qu'il m'ait dit ça alors que j'étais folle de joie.

J'avais murmuré dans son dos : « Ce n'est pas grave, on se réincarnera et on sera de nouveau ensemble. »

Suite à cela, j'avais appelé mon chien « Rin ». La première syllabe du mot *rinne*, « réincarnation ».

Gardant pour moi les paroles acerbes de mon père, j'ai expliqué l'origine du nom à Ayu, ce qui l'a enthousiasmée.

— Oh ! On peut appeler notre chienne « Rin » aussi ?

— Hein ? Oui, d'accord.

— Notre petite Rin !

Le bonheur d'Ayu m'a procuré un sentiment un peu étrange.

J'avais appelé ma chienne ainsi dans l'espoir qu'on se retrouve dans une autre vie.

Et dire que depuis, plus de trente années se sont écoulées, je suis devenue maman, et notre famille va accueillir une chienne abandonnée portant le même nom…

D'ailleurs, elles étaient d'une race similaire.

Peut-être était-elle réellement la réincarnation de Rin…

Je me berçais de cette douce idée, lorsque j'ai reçu un message sur mon téléphone.

Je l'ai ouvert, songeant que ce devait être mon mari, mais pour une fois, c'était mon petit frère, qui avait lui aussi la quarantaine passée.

Il s'était excusé auprès de mon père en présence de ma mère, sans que cela n'aboutisse à une réconciliation, qui ne se produirait certainement jamais.

Mon frère en avait voulu à mon père, qui l'avait renié.

Mon père l'avait toujours préféré à moi. Petite, j'étais jalouse tant il recevait de compliments.

D'un autre côté, j'avais remarqué que mon frère était sans cesse sur la retenue.

Régulièrement, il serrait les dents et les poings quand mon père fulminait en lui criant des insanités. Je craignais qu'il ne se révolte avec ces mêmes poings.

Et un jour, à bout de patience, il avait explosé.

Depuis, ils avaient cessé tout contact. Mon frère, qui ne pouvait plus être à la maison, avait habité chez notre grand-mère maternelle.

Lui qui croyait dur comme fer qu'il suivrait une voie toute tracée vers la réussite, aujourd'hui, travaillait dans la coiffure.

C'était lui qui avait provoqué la séparation de notre famille, mais comme je commençais à m'opposer à mon père, je comprenais très bien son ressenti et ne le blâmais pas.

En revanche, il était désolé vis-à-vis de ma mère et moi et avait pris de la distance afin de ne pas causer de problèmes de famille.

Il me contactait rarement. Était-il arrivé quelque chose ?

Saisie d'inquiétude, j'ai lu son message.

« *Salut frangine, ça fait un bail. Je vais me marier.* »

— Quoi !? me suis-je écriée.

— Qu'est-ce qu'il y a ?

Ayu a levé les yeux vers moi, inquiète.

— Rien, ai-je répondu en lui caressant le dos d'une main, le regard toujours fixé sur le téléphone.

Je n'arrivais pas à y croire.

J'étais persuadée que même s'il avait une petite amie, il ne dépasserait jamais le stade du concubinage.

Si mon père l'apprenait, ils se disputeraient sans doute à nouveau.

J'ai poussé un léger soupir.

— J'ai fini ! a lancé ma fille, levant fièrement la tête vers moi, son assiette terminée.

— N'oublie pas de dire « merci ».

— Ouiii, merci !

Elle a incliné la tête en joignant les mains, puis elle s'est levée de bon cœur.

J'ai fait de même en prenant notre plateau.

— … Et l'autre jour, une voyante m'a raconté mes vies antérieures dans ce centre commercial. Elle était trop belle.

J'ai écouté les propos des lycéennes. Peut-être parce que j'avais toujours apprécié les histoires de vies antérieures.

Bien sûr, maintenant que j'étais adulte, je savais bien que c'était n'importe quoi.

J'ai tendu l'oreille, intriguée par le fait qu'une voyante puisse avoir installé un stand dans ce centre commercial.

L'une des lycéennes, curieuse, s'est penchée en avant.

— Et tu as appris quoi ? Tu étais une noble princesse pendant la Révolution française ?

— Tu as peut-être été membre d'une famille royale dans l'Égypte antique !

J'ai souri, épiant les jeunes filles discrètement.

Moi aussi, à leur âge, j'avais été enchantée de découvrir dans un magazine sur le sujet que j'avais été une princesse européenne ou un roi d'un pays arabe.

Alors qu'on ne pouvait pas tous être nobles ou membres de familles royales !

La voyante avait dû interroger la lycéenne et ses réponses lui avaient permis d'en savoir plus sur elle. C'était de la lecture à froid : par des questions psychologiques orientées, elle devinait ce que sa cliente voulait entendre et satisfaisait ses attentes. Ses dires étant invérifiables, il n'y avait ni réponse juste ni fausse.

Mais alors que la lycéenne continuait son récit, la suite s'est avérée bien différente de ce que je pensais.

— Il ne s'agit pas de ça. Elle m'a appris ce que j'ai conservé de mes vies antérieures. En plus, c'était gratuit.

— Ah bon ? Et c'est quoi ?

Tandis que je reposais mon plateau et quittais l'espace de restauration avec ma fille, je me posais la même question.

Nous étions en train de marcher, lorsque j'ai aperçu la pancarte « Voyante » dans le couloir, près du mur.

Au milieu des sempiternels « Amour », « Votre avenir à partir de votre nom », « Astrologie occidentale », j'ai repéré un écriteau moins fréquent : « Vies antérieures ».

— Maman, là-bas, il y a la princesse de Tokyo.

J'ai été surprise par les paroles saugrenues de ma fille.

« Là-bas », c'était le stand de voyance, qu'Ayu désignait du doigt.

Tout en lui rappelant sévèrement qu'il ne fallait pas montrer du doigt, j'ai regardé la voyante et j'ai compris.

Une femme d'Europe de l'Ouest était assise.

Elle avait une chevelure d'un blond transparent – il me semble que l'on dit blond platine – et une peau aussi blanche que de la porcelaine.

Sa silhouette parfaite tout droit sortie d'une peinture religieuse était digne d'une actrice.

J'avais l'impression de l'avoir déjà vue quelque part, peut-être était-ce réellement une célébrité.

— On dirait une véritable princesse ! me suis-je exclamée.

— Parce qu'elle est vraiment la princesse de Tokyo.

— Ah oui ?

— Je l'ai vue près du château où je suis allée avec Satomi.

J'en ai déduit qu'elle parlait de « Château Restaurant », l'établissement de Joël Robuchon à la Ebisu Garden Place.

— Et aussi dans le parc où il y avait le chien, a continué ma fille.

— Ah ! ai-je réalisé en frappant dans mes mains. Oui, c'est la musicienne. Peut-être qu'elle est dans l'événementiel, comme Satomi ?

— L'événementiel ?

Alors que nous discutions ainsi, la voyante nous ayant entendues a levé le nez, et tout sourire, elle nous a invitées d'un geste de la main.

Le visage d'Ayu s'est illuminé et elle s'est précipitée vers elle.

— Bonjour ! l'a-t-elle saluée chaleureusement.

— Bonjour mademoiselle, a gaiement répondu cette superbe femme. Je suis contente de te revoir ! Je t'en prie, assieds-toi.

— D'accord.

J'ai été étonnée de voir Ayu s'exécuter sans la moindre timidité.

— Désirez-vous que je lise votre avenir ? m'a demandé la voyante d'un ton aimable.

Devinant ma perplexité, elle a ajouté :

— Je ne prends pas d'argent.

— Pourquoi pas, ai-je cédé en prenant place.

Malgré tout, je n'avais pas entièrement confiance.

— Je me demandais, concernant la « voyance des vies antérieures »... ai-je hésité, méfiante.

Elle a secoué la tête.

— Il ne s'agit pas à proprement parler de voir vos vies antérieures, mais plutôt les capacités dont vous avez hérité.

— … Les quoi ?

Elle a pouffé de rire devant ma perplexité.

— C'est de l'astrologie. Les humains possèdent tous des capacités qui leur viennent de leurs vies antérieures, et je peux vous les communiquer.

— Moi, c'est quoi ? a demandé Ayu innocemment.

— Attends un instant, a répondu la voyante en sortant une montre à gousset.

Elle l'a plaquée sur le front d'Ayu, et lorsqu'elle a soulevé le couvercle, un hologramme d'horoscope est apparu.

La date de naissance d'Ayu s'est affichée :

« 20-12-2014 10:30:36. »

— Il s'agit du caractère et des talents et compétences que l'on possède depuis la naissance et qui se transmettent à travers les vies passées. Pour les connaître, il faut regarder l'ascendant, « ASC », tout à gauche. C'est le point de départ de la Maison I, qui la sépare de la Maison XII. Ayu, tes signes solaire et lunaire sont en Sagittaire et tu es ascendant Poissons.

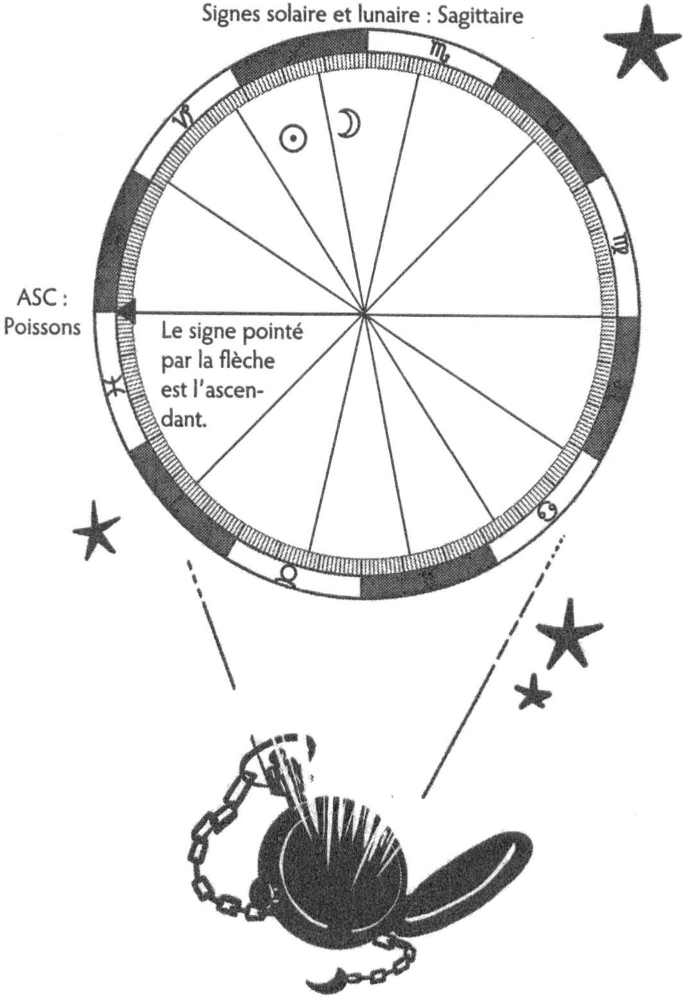
Signes solaire et lunaire : Sagittaire
ASC :
Poissons
Le signe pointé
par la flèche
est l'ascen-
dant.

J'ai grimacé. Ces propos étaient bien obscurs, mais comme j'avais toujours été intéressée par le sujet, je voulais en savoir plus.

— Qu'est-ce que ça implique d'être Poissons ? ai-je questionné.

— Que depuis sa naissance, Ayu possède les capacités de ce signe.

— Quelles sont-elles ?

— Une grande imagination, de la tolérance, une facilité à réconforter les autres, un fort sixième sens.

C'était exact.

J'étais médusée.

— Tu as cultivé ces caractéristiques dans tes vies passées. Alors dans cette vie, cela ne te demande pas d'effort, car tu es née avec ces talents.

J'étais admirative.

Face à ma réaction, la voyante a saisi la montre à gousset.

— Et si nous regardions aussi pour vous ?

— Euh, oui, s'il vous plaît.

Une crainte m'a saisie et inconsciemment, je me suis recroquevillée.

Quand elle a plaqué la montre sur moi, la zone entre mes sourcils et mon front m'a paru un peu chaude.

Comme pour Ayu, un horoscope est apparu.

— Votre soleil est en Gémeaux et votre lune, en Poissons…

J'ai été ravie de l'apprendre, étant donné les explications positives données à Ayu. Malgré tout, je ne comprenais pas trop…

— Votre ascendant – vos capacités liées à vos vies antérieures – est Vierge.

— Vierge…

Ce signe ne m'étant pas familier, je voyais difficilement ce que ça supposait.

Peut-être un côté ultra-féminin ?

— La Vierge est la déesse de la Justice et de l'Équité. Elle est intelligente et perspicace. Capable d'analyser toute chose avec calme, elle est un soutien sans faille pour les autres, dans l'ombre. C'est une personne fantastique.

Mes joues ont rougi face à tant d'éloges.

J'étais en effet du genre à aider les autres et à tout faire pour leur bien.

— Par ailleurs, elle est très sensible et facilement blessée.

Ça aussi, c'était juste.

Alors que je réfléchissais, elle m'a scrutée, l'air soucieux.

— Qu'y a-t-il ?

— … C'est incroyable.

— Oui. L'astrologie est incroyable, s'est-elle soudain enorgueillie. Mais je suis encore en formation et il me reste beaucoup à apprendre. Visualiser le thème astral des visiteurs de ce centre commercial est une manière de me former.

Voilà pourquoi c'était gratuit.

— D'ailleurs, en plus des talents innés, l'ascendant est aussi la première impression que l'on donne aux autres, ainsi que les caractéristiques physiques. C'est mon maître en astrologie qui interprète l'ascendant comme étant les « capacités héritées des vies antérieures », a-t-elle ajouté en renfermant précieusement la montre dans sa main.

— Est-ce utile de les connaître ? ai-je demandé spontanément.

Elle a paru étonnée.

— Bien entendu. Pour avoir de la chance et un bel avenir, il faut avant tout se connaître soi-même.

Je n'étais pas certaine de comprendre, mais j'ai acquiescé.

— Comparons cela à un jeu. La vie est un jeu de rôle. L'ascendant est notre équipement de base. On peut utiliser nos armes naturellement, même sans avoir suivi aucun apprentissage. Le personnage que nous incarnons commence l'aventure avec cet équipement entre les mains.

Ses explications ont fait jaillir dans ma tête un écran et une musique de jeu vidéo.

— Mais si on ignore quelles sont nos armes, il est difficile de savoir comment s'y prendre, vous ne trouvez pas ? m'a-t-elle demandé.

— Oui, ce sera difficile, ai-je répondu avec sérieux.

— N'est-ce pas ! a-t-elle répliqué en riant. Bien connaître les armes qui sont les siennes permet d'utiliser cet équipement plus facilement et de voyager léger.

— Et c'est l'ascendant.

— Tout à fait, a-t-elle confirmé. On combat un certain temps avec l'équipement de base, mais à mesure qu'on progresse, notre situation évolue. Et quand on passe au niveau supérieur, les armes utilisées jusque-là ne nous servent plus à rien. Il faut soit les reforger ou les affûter, soit en obtenir de nouvelles.

Cette comparaison était éloquente, alors j'ai hoché la tête.

— En clair, dans mon cas, je dois perfectionner les capacités de la Vierge que j'ai depuis ma naissance, ai-je résumé.

— Exact, mais cela dépend des cas. Il est évident qu'améliorer les capacités acquises depuis nos vies antérieures est formidable, mais certaines personnes sont parfois sous leur joug, ce qui les empêche d'agir.

— De quelle manière ?

— Prenons une personne ascendant Capricorne. Ce signe est plein de bon sens, sérieux, zélé – des qualités en parfait accord avec le tempérament japonais. Et cet ascendant Capricorne, qui a vécu comme tel dans sa vie antérieure, est né dans cette vie en pensant : « Désormais, je veux être un rêveur, comme le signe des Poissons. » Mais il est tiré en arrière par la pensée propre au Capricorne héritée de sa vie précédente, selon laquelle « Il ne faut surtout pas se laisser aller ! », donc il peut difficilement mener la vie qu'il désire et est en conflit avec lui-même… Cela arrive.

Ce genre d'ennui ne m'était pas inconnu.

— L'ascendant est seulement l'équipement de base que vous avez en vous depuis votre naissance, ce n'est pas le sujet de votre nouvelle vie.

J'ai fait un grand oui de la tête, songeant que ce combat intérieur devait se produire chez bien des personnes.

Aussitôt, j'ai pensé à mon petit frère.

Peut-être avait-il toujours été tiré en arrière par son ascendant et l'avait-il réprimé.

— Que faut-il faire si on est dans cette situation ?

— L'important est de se connaître soi-même. Il faut se demander comment on souhaite vivre dans cette vie. En d'autres termes, il faut dialoguer avec soi-même.

— Dialoguer avec soi-même… ai-je médité.

— Le résultat de ce dialogue permet, par exemple, de comprendre que « Dans cette vie, je veux me sentir aussi libre qu'un poisson qui nage dans l'océan » et de décider : « Je vivrai ainsi. Mais je vais utiliser les talents hérités de mon ascendant Capricorne dans mes relations avec les autres. »

— Je vois, je ne suis pas obligée de perfectionner les capacités de mon ascendant Vierge.

— Tout à fait.

— Mais que faire si le résultat de ce dialogue est erroné ?

Elle a cligné des paupières, surprise par ma question.

— Il n'y a pas d'erreur possible.

— Ah oui ?

— Car chaque personne détient l'univers.

J'ai souri, mal à l'aise face à ces paroles presque religieuses, ce qui l'a fait grimacer.

— C'est la vérité ! Même si nous nous trouvons toutes les trois dans ce même endroit, nous ne voyons pas le même paysage. Ce que vous voyez n'appartient qu'à vous. L'univers s'étend juste pour vous.

Elle avait raison.

— Dans votre univers à vous, les étoiles vous soutiennent en fonction de vos décisions. Tout est juste, que vous affrontiez des difficultés ou que vous fassiez un détour.

— Et si on ne souhaite ni l'un ni l'autre… ? ai-je murmuré.

Elle a ricané.

— Il suffit de faire des choix en ce sens. Les étoiles éclairent votre chemin, mais c'est vous qui décidez de la destination.

— Ah bon, ai-je laissé échapper, soulagée. … L'astrologie est un domaine intéressant. Ça me rend curieuse.

— J'en suis heureuse, a-t-elle répondu avec un sourire sincère.

Ayu et moi avons remercié la voyante et nous avons quitté son stand.

Je m'attendais à tout sauf à ça, mais j'étais contente d'y être allée.

Comme nous avions obtenu des explications très éclairantes, j'avais voulu payer ne serait-ce qu'un peu, mais la voyante avait refusé, toujours rayonnante.

Nous sommes sorties du centre commercial, et une fois montées dans la voiture garée sur le parking, mon téléphone a vibré, comme s'il avait attendu le moment adéquat.

Cette fois, c'était un appel de ma mère, sûrement abasourdie par l'annonce du mariage de mon frère.

— Allô ?

— Allô, Junko ? a-t-elle dit d'un ton abattu.

Elle devait être chagrinée par la mauvaise ambiance à la maison.

— Maman... ai-je commencé en réfléchissant à ce que j'allais dire.

Elle a alors prononcé ces paroles inimaginables.

— Ce matin, Papa a fait une vilaine chute. Il est à l'hôpital.

2

SANS ATTENDRE, je me suis rendue avec Ayu chez mes parents à Kamakura.

Mon mari ne pouvait pas quitter son travail et comme je n'étais pas très à l'aise au volant, j'ai décidé de prendre le train depuis la gare de Tsukuba, en passant par Kita-Senju, Shinagawa et Fujisawa.

Le trajet était long, environ deux heures trente.

Je comptais déposer Ayu, qui était encore petite, chez mes beaux-parents, mais elle voulait tant m'accompagner que j'ai cédé.

D'ordinaire, elle était docile. Une telle insistance était une grande première.

Elle possédait une intuition si forte qu'elle avait peut-être pressenti que mon père n'en avait plus pour longtemps.

— C'est la première fois que je vais chez Mamie de Kamakura ! s'est-elle écriée les yeux pétillants en regardant par la fenêtre.

— Tu y es allée quand tu étais bébé.

Après avoir coupé les ponts avec mon père, je ne revenais chez eux qu'en son absence. Dans ces moments-là, c'était toujours mon mari qui conduisait. Je n'avais pas effectué le voyage en train depuis mes années de célibataire.

— Ah oui ? Alors j'ai déjà vu Papi de Kamakura ?

Ces paroles m'ont serré le cœur.

Ayu n'avait jamais rencontré mon père.

Quel qu'en soit le motif, j'avais volé son grand-père à ma fille.

J'ai éprouvé d'intenses remords et machinalement, j'ai serré les poings.

Ayu, ravie, admirait le paysage par la vitre, l'air d'avoir oublié sa propre question.

Pardon, Ayu.

Aurais-je dû les faire se rencontrer, dans l'intérêt de ma fille ?

Non, c'était impossible.

Car je ne l'avais même pas envisagé…

Je me souvenais très bien du jour où ma famille avait été détruite, mais l'image que j'en gardais avait pâli avec le temps.

J'en conservais un sentiment très étrange.

Un mois après mon entrée à l'université, encore novice de la vie en résidence étudiante, ma mère m'avait demandé de revenir à la maison.

Ma nouvelle situation la tourmentait beaucoup, elle était inquiète de savoir s'il me manquait quelque chose, si j'avais des ennuis. Alors avec mes parents, nous étions allés au centre commercial.

Mon père, qui avait sorti à contrecœur la voiture à la demande de ma mère, avait râlé : « Les courses, ça me barbe. Faites vite. Je vous attends dans la voiture. » Et il était resté sur le parking pendant toute la durée de nos achats.

Ma mère et moi avions acheté des choses pour ma nouvelle vie d'étudiante, ce qui nous avait pris un peu de temps.

À notre retour, mon père, toujours dans la voiture, s'était écrié : « Pourquoi vous avez mis tant de temps !? C'est toujours pareil avec les bonnes femmes ! » et sur la route, l'ambiance avait été tendue.

Assise sur la banquette arrière, je bouillonnais de colère.

« C'est la dernière fois. La dernière fois que je le vois. Je n'en peux plus, trop c'est trop. Après la fac, je ne rentrerai pas à la maison. Je passerai juste quand il n'est pas là. Je ne veux plus le voir. »

Je me le suis répété, telle une incantation.

Puis nous sommes rentrés à la maison.

Dans la vie, les événements se produisent parfois avec un timing désastreux.

Ma mère, espérant apaiser l'atmosphère suffocante dans la voiture, avait proposé : « Ce soir, ça vous dit un barbecue dehors ? »

Pour cette raison, mon père avait stationné la voiture non pas chez nous, mais sur un parking du voisinage.

S'il l'avait garée à son emplacement habituel, le bruit du moteur aurait averti mon frère de notre retour. Il ne pouvait pas imaginer que nous rentrerions à pied, puisque nous étions partis en voiture.

Lorsque nous étions entrés dans la maison, il se trouvait seul dans la pièce attenante au salon.

Il portait ma robe blanche et s'admirait dans le miroir.

Nous avons été aussi choqués les uns que les autres.

Les yeux écarquillés, il était resté muet.

Et sans un mot, mon père l'avait frappé.

Mon frère était tombé à genoux dans un bruit sourd.

Du sang coulait de son nez, maculant ma robe blanche et le tatami.

« T'es taré ou quoi !? » avait hurlé mon père d'une voix rauque en l'attrapant par le col.

Aussitôt, mon frère, en silence, l'avait repoussé brutalement.

Mon père s'était effondré sur le sol, ce qui m'avait surprise, car nous avions de lui l'image d'un homme robuste.

Mais sans qu'on s'en aperçoive, mon frère avait acquis une force suffisante pour le battre.

Mon père à terre était bouche bée de voir son fils se rebeller contre lui pour la première fois.

Le visage tuméfié et les larmes aux yeux, mon frère s'était écrié :

« Oui, je suis efféminé et je l'ai toujours été ! »

Au seul souvenir de ce jour, j'étais écœurée.

La suite avait été terrible.

Mon père avait hurlé « Va-t'en ! » à mon frère et cette fois, c'est moi qui lui avais crié dessus.

« Tu es infect ! Comment tu peux faire ça ? Je te déteste ! Jiro et moi, on a toujours dû te supporter ! »

Mais mon père n'était pas du genre à fléchir pour si peu.

Furibond, il avait rugi : « Alors va-t'en, toi aussi ! Et ne reviens jamais ! Quant à tes frais de scolarité, ne t'attends pas à ce que je te les paie ! Arrête la fac et va bosser ! »

L'idée de devoir abandonner l'université m'avait fait suffoquer.

Mon père était comme ça. Il appuyait sur notre point faible pour nous dominer.

D'autant qu'il n'avait pas tort. Je dépendais financièrement de mes parents pour étudier.

Un petit job pouvait m'aider à financer mes études, mais il m'était impossible de rembourser tout de suite les frais d'entrée déjà versés par mon père.

« Parfait ! Je vais laisser tomber la fac et travailler ! » avais-je répondu sur le même ton.

Au final, grâce à l'intervention de ma mère, en pleurs, j'avais pu continuer les cours. Nous avions trouvé un compromis : je participerais seulement en partie aux dépenses pour l'université…

Combien d'années s'étaient écoulées depuis ?

Le temps semblait s'être arrêté, probablement parce que je n'avais plus revu mon père.

Aujourd'hui encore, la rage montait en moi rien qu'en repensant à ce jour.

J'étais persuadée de ne plus jamais avoir besoin de le voir.

Je croyais que ça ne changerait pas.

Pourtant, il risquait de mourir alors que nous étions en froid, et cette éventualité faisait naître en moi des sentiments ambigus.

3

UN PEU PLUS DE DEUX HEURES après notre départ de la gare de Tsukuba, nous sommes arrivées à Fujisawa, où nous avons pris notre correspondance via la ligne Enoden.

Environ quinze minutes plus tard, nous sommes descendues à la gare la plus proche de chez mes parents, Kamakura-koko-mae.

— Ça fait longtemps que je n'étais pas venue ici.

Une petite station déserte et banale dont l'unique quai donnait sur un paysage somptueux. La mer s'étendait devant nous, à perte de vue.

Ce panorama était l'un des lieux célèbres de Kamakura, sélectionné parmi les cent plus belles gares de la région tokyoïte.

Mais j'avais grandi ici jusqu'à mes années de lycée, j'étais donc habituée.

Bien sûr, je l'appréciais, mais je ne comprenais pas que des gens viennent de loin pour visiter une si petite gare.

Or aujourd'hui, je saisissais enfin l'impression des touristes.

Je n'avais pas contemplé cette mer depuis une éternité. Sa beauté et sa grandeur m'ont submergée.

Notre petit train avait longé la côte.

J'ai été sidérée par ce paysage resté intact.

Je l'ai ressenti comme un miracle.

Ayu semblait émue elle aussi, les bras levés de joie.

— Oh ! La mer est partout !

En pleine forme au moment du départ, elle avait somnolé toute la seconde moitié du trajet. Mais admirer la mer semblait l'avoir réveillée, tant elle avait des étoiles dans les yeux.

La voir aussi réjouie m'a rendue heureuse.

Je crois que j'aimais cet endroit bien plus que je ne l'aurais cru.

Soudain, les larmes ont inondé mon regard, et pour les dissimuler, j'ai attrapé la main de ma fille et me suis élancée.

— Allez, on y va.

— Oui ! a répondu Ayu en sautillant.

Nous nous sommes approchées de l'arrière de la gare.

— Il y a des tombes ! a remarqué Ayu.

— Oui, c'est un cimetière.

— C'est génial de voir l'océan tout le temps.

— Tu as raison, ai-je répliqué en envoyant un message à ma mère.

« *On est à la gare. On peut passer à l'hôpital ?* »

Elle m'a répondu immédiatement :

« *Papa a des examens aujourd'hui, alors je rentre à la maison. Vous pouvez m'y rejoindre ?* »

« *Entendu* », ai-je écrit, puis j'ai rangé mon téléphone dans mon sac.

J'ai été soulagée de ne pas avoir à me rendre tout de suite à l'hôpital, car je ne m'étais pas encore préparée psychologiquement à revoir mon père.

— Puisqu'on est là, ça te dit une balade sur la plage ? ai-je proposé à Ayu.

— Oui.

Nous sommes sorties de la gare et nous avons emprunté l'escalier.

Le bruit des vagues résonnait agréablement.

En ce mois de décembre, le rivage était désert.

Par ce beau temps, le ciel bleu et la mer semblaient ne faire qu'un, l'eau scintillante reflétant la lumière du soleil.

Ayu a lâché ma main et a couru en poussant des cris de joie.

J'ai failli l'avertir de faire attention à ne pas tomber, mais je me suis retenue. C'était une plage de sable fin, elle ne se blesserait pas. Je voulais la laisser s'amuser autant qu'elle le désirait.

Elle puisait son énergie dans la fraîcheur du vent marin, dans la surface brillante de la mer.

Aux anges, elle est revenue vers moi et m'a demandé avec innocence :

— Tu jouais ici quand tu étais petite ?

— Oui, souvent, ai-je acquiescé en tournant la tête vers l'horizon.

Pendant mes études, je venais avec mes amis. Dans mon enfance, mon frère et moi y promenions notre chienne.

Rin s'ébattait sur la plage avec la même ferveur qu'Ayu à ce moment précis.

La mer paraissait immuable, mais ce n'était pas le cas.

Au fil des saisons, le ciel et les nuages changeaient de forme, et la mer présentait différents visages.

Calme au printemps, gaie en été, contemplative en automne, intransigeante en hiver.

— L'été, j'y faisais aussi des feux d'artifice.

— On a le droit ? s'est inquiétée Ayu.

Dans notre voisinage, rares étaient les endroits où c'était permis.

La vue de son visage m'a fait sourire.

— Aujourd'hui, je n'en sais rien, mais quand j'étais enfant, on le pouvait à condition de ne laisser aucun détritus.

Je me suis remémoré le passé.

Oui, mon frère et moi avions joué avec des petits feux d'artifice.

Rin en avait si peur, elle s'asseyait toujours derrière moi.

Nous nous amusions avec différentes sortes de feux d'artifice que l'on tient à la main, pour finir sans faute par des *senko hanabi**.

C'étaient les seuls qui n'effrayaient pas Rin, qui venait les admirer à côté de moi.

— Ça me rend nostalgique…

---

* Petits bâtonnets fins tenus tête en bas. Une fois allumés, une goutte de feu se forme à l'extrémité, goutte qui émet d'innombrables étincelles avant de tomber au sol et de s'éteindre.

— Maman, c'est quoi cette île ? m'a demandé Ayu en désignant une terre au loin.

— Enoshima.

J'y avais aussi plein de jolis souvenirs. J'allais souvent promener Rin sur cette île peuplée de chats. Elle avait bon caractère et s'entendait bien avec les félins.

J'avais envie d'y emmener Ayu, mais là, ce n'était pas le moment.

— Bon, on va chez Mamie ? ai-je lancé en lui tendant la main.

Ayu l'a saisie en hochant docilement la tête.

Nous avons remonté les marches et nous nous sommes éloignées de la plage.

Dans notre dos, le bruit des vagues nous parvenait encore.

4

LAISSANT LE RIVAGE DERRIÈRE NOUS, nous nous sommes avancées dans le quartier résidentiel où se trouvait le domicile de mes parents.

Il portait une plaque au nom de « Hasegawa ». Mon nom de jeune fille.

Il n'y avait pas vraiment de jardin, seulement une place pour garer la voiture.

Autrefois, une berline blanche y stationnait en permanence, mais mon père, qui avait rendu son permis de conduire, n'avait plus de véhicule aujourd'hui. À la place, étaient rangés deux vélos électriques et des jardinières dans lesquelles ma mère faisait pousser des légumes.

— C'est ici chez Mamie ?

— Oui, ai-je répondu en appuyant sur l'interphone.

Mais je n'ai obtenu aucune réponse.

— Elle n'est pas encore rentrée de l'hôpital.

— On ne peut pas entrer ?

— Si, j'ai la clé.

Après la grande dispute, j'avais voulu la rendre à ma mère.

Mais elle avait répliqué : « Garde-la au cas où il nous arriverait quelque chose », alors j'avais abdiqué.

Je l'ai utilisée pour déverrouiller la porte.

En passant le seuil, j'ai été frappée par une odeur que je connaissais bien.

Un léger parfum d'encens flottant depuis l'autel bouddhique, les bâtonnets désodorisants à l'olivier odorant qu'utilisait tout le temps mon père et les arômes de la cuisine de ma mère. Tout cela se mélangeait pour former « l'odeur de la maison ».

— Ça sent Mamie, a dit Ayu en ouvrant la porte à droite juste après l'entrée.

Celle-ci menait au salon, puis à la salle à manger, et au fond du salon, se cachait une autre pièce au sol recouvert de tatamis.

Le salon était meublé d'un canapé et d'une table, et en face, se trouvait un couloir en bois *engawa* et une grande baie vitrée.

Avant la naissance de mon frère, cet *engawa* classique en extérieur avait été entièrement coffré afin de parer le froid.

Dans ma jeunesse, je m'adossais souvent à l'un des piliers de bois pour y lire un livre.

Rin s'approchait rapidement et se collait à moi.

Quand je l'appelais, elle me rejoignait en aboyant d'une manière si joyeuse qu'on aurait dit un rire.

C'était si mignon que je la serrais dans mes bras, la douceur et la chaleur de son pelage se transmettant à mes joues.

Je l'adorais tellement.

À ses treize ans, elle n'arrivait plus vraiment à se déplacer. Elle cumulait les soucis de santé liés à l'âge et le vétérinaire nous avait annoncé de nous préparer au pire.

Au terme de l'année où j'avais rejoint le monde du travail, ma mère m'avait contactée pour me prévenir que Rin était sur le point de mourir.

Quand j'y repense, c'était aussi au mois de décembre.

En fin d'après-midi, j'avais reçu ce message de ma mère :

« *D'après le vétérinaire, Rin n'en a plus pour longtemps. Comme ton père rentrera tard ce soir, viens la voir.* »

Prétextant être malade, j'avais quitté l'entreprise en trombe, mais j'étais arrivée trop tard. Une fois chez mes parents, Rin avait déjà cessé de respirer.

J'avais refusé d'y croire.

Elle était couchée dans l'*engawa*, les yeux fermés. Elle semblait dormir comme à son habitude.

— Rin ! l'avais-je appelée.

D'ordinaire, elle levait sa tête ensommeillée et me souriait. Or elle ne l'avait pas fait.

J'avais caressé son corps encore chaud, mais un peu raide. Au toucher, ce n'était plus le chien que je connaissais. C'est là que j'avais pris conscience qu'elle était partie.

J'avais éclaté en sanglots, poussant des cris jaillis du plus profond de moi, accrochée à son corps immobile.

— Pardon, pardon, avais-je répété, en larmes, tout en la caressant.

C'était moi qui l'avais adoptée, mais je n'avais pas pu l'accompagner jusqu'à la fin.

Au moment où elle avait eu le plus besoin de moi, j'avais quitté la maison.

Cette pensée m'a noué la gorge, j'étais au bord des larmes.

Ce soir-là, après avoir pleuré inlassablement, je m'étais aussi excusée auprès de ma mère pour mon absence, puis j'étais partie sans rester dormir, précisant seulement que je reviendrais pour la cérémonie funéraire du lendemain.

Je n'avais pas envie de croiser mon père alors que j'étais abattue, corps et âme.

Il me blâmerait sans le moindre doute, me traitant d'irresponsable. Je culpabilisais déjà assez, je n'avais pas besoin qu'il en rajoute.

Sous un ciel noir de jais, je m'étais retrouvée seule sur le quai de la gare de Kakamura-koko-mae.

J'avais attendu le train, et le vent froid de l'hiver avait cinglé sans merci mon visage inondé de larmes.

La douleur que j'avais ressentie à l'époque était toujours aussi vive, comme si elle datait d'hier.

— Ah, c'est Mamie !

Ces mots m'ont fait revenir à la réalité.

Ayu, qui avait aperçu ma mère par la fenêtre, s'est précipitée dans l'entrée.

— On ne court pas dans la maison, l'ai-je grondée en essuyant mes larmes.

— Mamie !

— Ah, vous êtes déjà là ! Bonjour, Ayu.

Cette voix enjouée à la porte m'a ragaillardi.

— Bonjour à toi aussi, Junko. Désolée pour le retard, j'ai fait un tour au supermarché.

Elle tenait des sacs recyclables pleins à craquer qu'elle a posés sur la table avec un soupir.

— Tu aurais dû me le dire, je m'en serais chargée.

— C'est parce que j'ai des cadeaux pour toi, Ayu.

Un sac était rempli de gâteaux et de jouets.

— Oh ! *Ryusei Angel* ! s'est-elle extasiée.

— Tout est pour toi, tu peux regarder, a-t-elle dit en le lui donnant.

— Merci, Mamie !

Ma fille s'est dirigée vers l'*engawa* avec le gros sac entre les mains. Elle a sorti les paquets un à un en exultant.

— Alors que tu traverses un moment difficile, Maman…

— Ma petite-fille vient chez moi, je peux bien lui faire plaisir.

— Comment va Papa ?

— Ce matin, il s'apprêtait à boire son thé, lorsque sa main s'est engourdie et il a fait tomber sa tasse. Puis il s'est écroulé au sol. Il s'exprimait difficilement…

— Et… et alors ?

— J'ai aussitôt appelé une ambulance, car ce n'était pas normal. Apparemment, j'ai bien fait de réagir aussi vite. Il se peut qu'il ne puisse plus mobiliser son corps comme avant, mais il est hors de danger. Même si la rééducation risque d'être longue, on a évité le pire, a déclaré ma mère, l'air sincèrement soulagé.

— … Pour toi aussi, ce sera dur, ai-je murmuré.

— Comment ? a-t-elle demandé, semblant ne pas m'avoir entendue.

— Rien.

— Bon, ce soir, je vais déployer mes talents de cuisinière !

— Je vais te donner un coup de main !

Au dîner, c'était *sukiyaki*.

Ayu ne cessait de répéter combien elle se régalait, l'air ravi.

— Demain, je vais voir Papi, hein ? a-t-elle soudain lancé.

Ma mère s'est réjouie à ces mots, mais moi, j'étais plus mitigée.

Après le repas, elles ont pris un bain, et Ayu, épuisée par le voyage, s'est endormie dans la chambre au sol en tatami adjacente au salon. Je me suis empressée d'y étendre un futon et de la coucher.

Me voyant faire, ma mère, qui allumait le feu sous la bouilloire dans la cuisine, a souri avec tendresse.

Dans cette pièce, se trouvait l'autel bouddhique orné d'une photo de Rin, sans doute déposée là par ma mère. Sur un coin de l'autel, il y avait un petit album. Je l'ai saisi délicatement et j'ai constaté qu'il était rempli de photos de Rin.

Sa gaieté m'a réconfortée peu à peu.

— Maman… ai-je soufflé.

— Junko, ça te dit de prendre un thé ?

J'ai accepté en refermant l'album, j'ai à nouveau vérifié la couette posée sur Ayu, puis je me suis dirigée vers la table.

— Je te trouve malgré tout assez sereine. Je t'imaginais plus bouleversée par la chute de Papa.

— Ah bon, a-t-elle répondu en posant sur la table deux tasses de thé avant de s'asseoir. Je l'étais quand il est tombé. Je m'attendais à une tragédie. Mais quand j'ai appris que ses jours n'étaient pas comptés, ça m'a tranquillisée.

— Je vois.

Même une personne aussi violente et tyrannique que lui restait importante aux yeux de ma mère.

— Et quand on est mère depuis longtemps, on lâche prise à bien des égards.

— Probablement. Je suis novice, mais je comprends un peu ce que tu veux dire depuis que je suis mère, moi aussi.

— Tu as souffert de ne pas avoir d'enfant, mais je suis heureuse que tu te sois accrochée sans jamais renoncer.

— C'est faux, ai-je répondu amèrement en prenant place face à elle.

— Comment ça ?

— Pour te dire la vérité, le traitement contre l'infertilité était si éprouvant que j'ai laissé tomber.

— Je l'ignorais...

Cela avait été difficile aussi bien sur le plan psychologique que financier.

— Je pense aussi que je voulais à tout prix un enfant à cause de la « malédiction » que m'avait lancée Papa...

Surprise, elle a ouvert de grands yeux.

— Il répétait que les femmes doivent se marier jeunes et avoir des enfants, tu te souviens ?

Elle a hoché la tête.

— Je m'en souviens.

— Je garde en tête ses paroles et son comportement dignes de harcèlement moral, comme des malédictions. Quand j'ai compris que je m'acharnais à cause de ça, que c'était absurde, j'ai arrêté le traitement et j'ai tout abandonné.

À cette époque, j'étais à bout de forces.

Mon mari m'avait proposé : « Et si tu arrêtais le traitement ? On a déjà beaucoup persévéré », ce qui m'avait ôté un poids des épaules. Une vie à deux était tout aussi fantastique.

Abandonner signifiait également accepter.

Dès lors, j'avais cessé d'être submergée par le chagrin à la vue de jeunes enfants. Mon idée fixe s'était transformée en un simple désir, du type : « J'aurais aimé avoir des enfants si ça avait été mon destin. » J'y songeais sans plus aucune obsession, sans plus d'acharnement.

— Et Ayu est arrivée…

Le menton posé sur la main, j'ai tourné la tête vers ma fille.

Lorsque j'ai été enceinte d'Ayu, j'étais stupéfaite.

Moi qui avais toujours attendu ce miracle, je n'y croyais pas…

Peut-être était-ce normal quand notre rêve se réalise.

— Je vois… a chuchoté ma mère en baissant les yeux. Je suis désolée que tu aies vécu les paroles de Papa comme des malédictions.

— Tu n'as pas à t'excuser. Je sais très bien que pour toi aussi, vivre avec lui a été un enfer.

Elle a secoué la tête.

— Pas du tout, Junko, c'est que…

À l'instant où elle allait me répondre, mon téléphone a vibré.

Un message de mon mari s'est affiché sur l'écran : « *Je peux t'appeler maintenant ?* »

Ma mère s'est levée, comme si elle l'avait pressenti.

— Bon, je vais dormir.

— Bonne nuit à toi.

Dès qu'elle est sortie du salon, j'ai téléphoné à mon mari.

— Désolée, je n'ai pas pu te contacter plus tôt. Mon père va bien.

— Tu lui rends visite à l'hôpital demain, j'imagine ?

Bien sûr, mon mari connaissait ma relation avec mon père. Il tâtait le terrain, mais je ne savais que répondre.

— Oui. Ayu veut le voir… Honnêtement, moi, ça ne m'intéresse pas, mais je ne veux plus priver Ayu de son grand-père pour quelque chose qui ne regarde que lui et moi.

Je pourrais rester à la maison et confier Ayu à ma mère pour qu'elle l'emmène à l'hôpital, mais je voulais savoir ce que mon père dirait à ma fille.

— D'accord… a soupiré mon mari.

J'ai senti qu'il devinait mon appréhension et éprouvait aussi un certain soulagement.

— Kamakura a changé depuis la dernière fois où on y est allés ? On voit bien les étoiles ?

La gentillesse de mon mari, qui avait eu la bonne idée de changer de sujet, m'a rassérénée.

— Les étoiles ? Je ne sais pas... Sûrement comme à Tsukuba ?

Là-bas, à minuit passé, le ciel scintillait.

Nous avons parlé de choses et d'autres avant de mettre fin à la conversation, puis j'ai débarrassé les tasses de thé restées sur la table.

J'avais envie d'un verre d'eau avant de prendre mon bain. J'ai ouvert le réfrigérateur et remarqué qu'il n'y avait pas de lait.

Demain matin, Ayu en demanderait au petit déjeuner.

En plus, je n'étais pas rentrée depuis longtemps chez mes parents, je voulais au moins préparer ce repas. Je pouvais concocter du pain perdu, par exemple...

— Je vais aller faire un tour à la supérette...

J'ai enfilé ma veste et je suis sortie de la maison.

J'ai solidement verrouillé la porte d'entrée, puis j'ai traversé le quartier résidentiel paisible.

L'air était frais, mais pas au point de me faire grelotter. C'était agréable.

J'ai levé les yeux et constaté que le ciel nocturne était ordinaire.

— J'irais bien voir la mer.

Était-ce dangereux de se promener sur le rivage à cette heure ?

Pour commencer, j'irais jusqu'à la gare.

Nostalgique, j'ai emprunté le chemin plongé dans la pénombre.

Je me suis dirigée vers un endroit d'où je voyais le rivage.

Sur le sable, une vague lueur brillait en direction d'Enoshima.

En examinant mieux, j'ai distingué un van.

— Qu'est-ce que ça peut bien être…

J'ai descendu les escaliers et rejoint la plage.

Bercée par le doux clapotis des vagues qui vont et viennent.

Une demi-lune flottait dans le ciel, et sous elle, stationnait un café ambulant.

Devant le véhicule équipé d'une table avec chaises, un panneau affichait : « Café de la pleine lune ».

Étonnée, je les ai scrutés.

C'était la même roulotte que dans le parc de Tsukuba.

— Ils viennent même ici…

Un chat noir était grimpé sur la table.

Sa longue queue oscillait comme un pendule, en rythme avec la houle.

Le chat s'est retourné et a miaulé dans ma direction.

5

J'ai fait un rêve.

Un café ambulant se trouvait sur la plage et un chat noir me parlait.

Soudain, je me suis vue derrière moi, petite fille, en compagnie de mon frère et de mon chien adoré.

Nous jouions avec des *senko hanabi.*

Des étincelles crépitaient en jaillissant de ces feux d'artifice.

Mais pourquoi ?

Submergée par l'émotion, je me suis mise à pleurer.

— Maman, ça va ?

Une petite voix m'a fait ouvrir les yeux.

Ayu me regardait, soucieuse.

Le soleil éblouissant du matin pénétrait par la fenêtre de l'*engawa*.

J'ai froncé les sourcils, désorientée.

La veille, je m'étais promenée sur la plage où j'avais repéré un café ambulant.

Mais je n'avais aucun souvenir de la suite.

Dans mon rêve, j'avais pleuré, et c'était comme si les larmes avaient aussi coulé dans la réalité, car le coin de mes yeux et mes tempes étaient mouillés.

— Maman, tu as mal au ventre ?

Ayu m'observait avec inquiétude.

Elle était tellement mignonne que je l'ai serrée dans mes bras.

— Non, j'ai seulement rêvé.

— Tu as fait un rêve triste ?

— Je ne sais plus…

Je crois qu'il ne l'était pas.

Ressaisis-toi, me suis-je dit en m'asseyant sur mon futon.

— Tu dois avoir faim. Ce matin, je m'occupe du petit déjeuner.

En jetant un œil vers la cuisine, j'ai été surprise de voir sur la table le pain de mie que j'avais sûrement acheté hier soir à la supérette.

— … Je suis bel et bien sortie faire des courses.

Je me suis levée et j'ai pris le pain de mie.

J'ai regardé dans le réfrigérateur : il y avait du lait.

— Maman, qu'est-ce qu'il y a ?

— Rien. Je vais te préparer du pain perdu.

— Ouais ! s'est exclamée Ayu en levant les bras en signe de victoire.

À cet instant, ma mère a lancé « Bonjour ! » en ouvrant la porte du salon.

— Oh, tu nous fais du pain perdu ? Génial !

— Bonjour, Mamie. Aujourd'hui on va voir Papi, hein ?

— C'est ça ! On ira en taxi.

Leur échange m'a fait soupirer.

Mais contrairement à la veille, ce n'était pas une sensation étouffante.

Après nous être assurées par téléphone que nous avions le droit de lui rendre visite, nous sommes allées à l'hôpital, un grand établissement à Fujisawa.

Après que le taxi nous a déposées, nous sommes entrées dans le hall.

J'ai été étonnée qu'Ayu soit aussi euphorique.

— Tu détestes les hôpitaux, d'habitude !

— C'est parce que je n'aurai pas de piqûre !

Son attitude a fait sourire ma mère.

En chemin, mon cœur battait à un rythme effréné et désagréable.

Combien d'années avaient passé sans que je voie mon père ?

« Tatsuo Hasegawa ».

La vue de son nom sur la porte m'a oppressée.

Il semblait bénéficier d'une chambre privée.

Ma mère a frappé à la porte et a ouvert sans attendre de réponse.

Dans l'impossibilité d'avancer, je suis restée immobile dans le couloir. J'ai entendu mes parents discuter.

— On est là. Comment te sens-tu ?

— … Bien mieux.

Sans la moindre hésitation, Ayu est entrée dans la chambre.

— Bonjour, Papi ! Je suis Ayu Ichihara.

J'ai tressailli en entendant sa voix enjouée et j'ai jeté un œil dans la pièce.

Mon père était confortablement assis dans un lit au dossier surélevé à quarante-cinq degrés.

Je conservais l'image d'un homme de forte carrure, mais il avait maigri et, il me semble, beaucoup rapetissé.

À la vue d'Ayu, il a paru sidéré.

— Regarde, Papa, c'est Ayu. Elle est adorable, non ? a dit ma mère, les larmes aux yeux, en caressant joyeusement la tête de ma fille.

Il a esquissé un sourire, mais dès qu'il m'a vue à la porte, il s'est assombri et a détourné la tête.

— … Ouais, a-t-il seulement articulé, contrairement à Ayu qui l'avait salué correctement.

Voilà quel genre d'homme il était.

La colère a monté en moi.

Mais Ayu, n'y prêtant aucune attention, s'est rapprochée du lit.

— Papi, merci pour les gâteaux et les jouets, hier.

— Quoi ? a-t-il lancé en grimaçant.

— J'étais contente, car dans le sac, il y avait plein de choses que j'aime, a repris Ayu.

Mon père a observé ma mère d'un air déconcerté.

— Tu lui as dit ou quoi ?

— Pas du tout, a répondu celle-ci.

Alors j'ai compris.

Il lui avait demandé d'acheter des cadeaux pour la venue d'Ayu.

Ma fille, une enfant plus sensible que la moyenne, avait perçu que ces cadeaux ne renfermaient pas que les sentiments de sa grand-mère, mais aussi ceux de son grand-père.

— En ce moment, j'adore *Ryusei Angel.* Papi, tu connais ?

— Euh, non…

— C'est trop mignon. Ma préférée, c'est l'étoile.

Il a hoché la tête avec maladresse face à Ayu qui continuait son bavardage, comme plongée dans son monde.

C'était une scène charmante, mais l'attitude de mon père m'a déroutée.

— … Ayu, je vais nous acheter à boire.

Incapable de rester là une minute de plus, j'ai quitté la chambre.

J'ai repéré un distributeur automatique dans une salle de repos munie de bancs.

Je me suis assise sur l'un d'eux pour respirer.

À cet instant, ma mère est apparue, inquiète.

— Junko, ça va ?

Dès que j'ai vu son visage, j'ai eu un rictus.

— C'était quoi, ça ? Il a toujours été violent et infect, et maintenant qu'il est vieux, c'est un papi maladroit devant sa petite-fille ?

Le voir tout à coup aussi différent m'était insupportable.

J'ai baissé la tête ; ma mère est tranquillement venue s'asseoir à côté de moi.

— Depuis sa jeunesse, Papa a toujours été maladroit.

Comme je gardais le silence, elle a poursuivi.

— Et quand j'y repense aujourd'hui, je trouve qu'il s'est toujours volontairement fait passer pour le méchant.

— … Que veux-tu dire ?

— Tu te souviens de Maki ? Tu l'appréciais beaucoup.

— Ah, oui. Tu parles bien de la voisine ?

Cette jeune femme habitait la maison d'en face, de biais par rapport à la nôtre. Petite, j'admirais cette étudiante douée en anglais, très gentille et cultivée.

— Oui. Elle était si efficace dans son travail qu'elle avait été promue à l'étranger. Sa mère s'était sentie très seule. J'en avais touché un mot à Papa : « Junko aussi est passionnée par son travail. Si elle partait à l'étranger, je serais fière, mais elle me manquerait tant. » Papa était angoissé lui aussi… Parce qu'il voulait que tu restes avec nous.

Un instant, je n'ai pas su quoi dire.

— Mais il ne s'agit pas de ça. Il nous a toujours dit des horreurs. Même au moment où Rin est arrivée à la maison…

« Un chien, ça ne vit pas longtemps. Il mourra vite et tu seras triste. »

À ce souvenir, je me suis mordu la lèvre.

— Papa s'était inquiété de te voir aussi folle de joie. Parce que quoi qu'il arrive, un animal de compagnie meurt avant nous. Il voulait que tu te prépares à la vérité, qui est que « La vie des chiens est plus courte que la nôtre. Il partira le premier ».

Ces paroles inattendues m'ont donné le vertige.

— Quoi ? Quand même, ce ne sont pas des choses à dire. On a beau se préparer psychologiquement, on est triste à la mort d'un être cher.

— En effet, a répondu ma mère avec un sourire gêné. Quand il était petit, Papa avait un chien, lui aussi. Il a été très triste à sa mort. Alors il a voulu te prévenir. Il a juste été maladroit.

Elle ne cesse de répéter qu'il était « maladroit » et cela m'agaçait.

— Ce n'est pas une raison. Son comportement avec Jiro était intolérable.

— C'est vrai. Il a été sévère avec toi, mais il est allé trop loin avec ton frère.

J'ai acquiescé. Moi, ce n'était rien, à côté. Je ne pouvais que le plaindre.

— Mais à sa façon, Papa pensait à Jiro. Comme il était un enfant sensible, il était sévère avec lui pour le préparer à la vie en société. Le père de Papa… Ton grand-père était très dur lui aussi, et Papa a jugé bon de conserver les mêmes méthodes.

Mon grand-père était décédé dans mon enfance. Je n'avais quasiment pas de souvenir de lui, mais j'avais déjà entendu parler de son intransigeance.

— Dans sa jeunesse, Papa voulait devenir photographe. Mais son père s'y est opposé, alors il a pris un emploi stable. Finalement, il a quand même été heureux, donc il estime que ses parents avaient raison. C'est pour ça qu'il a forcé la main à Jiro.

— Photographe ?

C'était la première fois que j'entendais ça. Cela a éveillé ma curiosité.

— Absolument. Tu vois l'album sur l'autel bouddhique ? C'est Papa qui a pris toutes ces photos de Rin avec son reflex. Après ton départ de la maison, il s'est occupé d'elle plus que moi.

Mon cœur battait à tout rompre.

— Oui, il a cumulé des paroles et des actes inexcusables par maladresse. Papa l'admet lui-même. Donc il a accepté que vous le haïssiez. Mais dans l'ombre, il vous soutenait tous les deux.

Quelque part, je le sentais.

Ma mère m'avait aidée pour les frais de scolarité, mon mariage, mon accouchement.

Sans doute avec des mots d'encouragement de mon père, même si je ne voulais pas le reconnaître…

Devant mon visage plein d'amertume, ma mère a soupiré.

— Il m'a toujours interdit de t'en parler.

Je lui ai lancé un regard interrogateur.

— Le jour où Rin était proche de la mort, je t'ai dit que ton père rentrerait tard du travail. Je t'ai menti.

— Quoi ?

— Il m'a dit : « Appelle Junko. Pendant ce temps, je partirai »…

J'étais sous le choc.

— … Il sait qu'il t'a fait souffrir. Mais j'aimerais que tu comprennes que lui aussi a souffert.

Elle m'a laissée sur ces quelques paroles, ajoutant : « Je retourne dans la chambre ».

Interdite, je l'ai regardée s'en aller.

J'étais tellement troublée, mon cerveau était vide.

Mon père était violent et ses réflexions étaient proches du harcèlement moral. Aujourd'hui, il serait qualifié de « parent toxique ».

C'était une personne abominable.

Quel intérêt pour ma mère de m'expliquer tout cela maintenant…

À ce moment-là, j'ai eu l'impression d'entendre le bruit des vagues.

Et les événements de la veille au soir me sont revenus nettement en mémoire.

*

Une demi-lune flottait sur la mer sombre.

Sur la plage, se trouvait le « Café de la pleine lune ».

Le chat noir sur la table, qui semblait m'avoir vue, s'est tourné vers moi.

— Bienvenue. Nous vous attendions.

Je n'ai pas été surprise de l'entendre parler, car j'avais la sensation de rêver.

J'ai plutôt été intriguée par son affirmation.

— Vous m'attendiez ?

— Récemment, notre patron vous a dit : « Nous nous reverrons bientôt », n'est-ce pas ? a-t-il répondu en plissant ses yeux violets.

Il a ôté une plaque marquée « Réservée » sur la table et m'a invitée à m'installer.

Cette place avait l'air d'être pour moi.

Je me suis assise, trouvant tout cela bien singulier.

J'ai levé la tête et admiré un magnifique ciel étoilé.

— Oh…

Les constellations visibles en hiver scintillaient, mais je n'ai pas senti la même fraîcheur que lorsque j'étais sortie de la maison.

La houle servait de fond sonore à ce café.

Alors que je gardais les yeux rivés au ciel, un grand chat calico, le patron, est sorti de la roulotte.

Je me souvenais parfaitement de lui.

Il s'est positionné devant moi avec un grand sourire.

— Permettez-moi de vous rappeler que le Café de la pleine lune n'a pas d'adresse fixe. De temps à autre, il apparaît là où bon lui semble : dans une rue commerçante familière, une gare terminus, au bord d'une rivière calme. Nous ne prenons pas les commandes des clients. Nous vous servons un dessert, un plat ou une boisson spécialement concoctés pour vous.

— Très bien, ai-je répondu en lui rendant son sourire.

— Voici une boisson rien que pour vous… a-t-il annoncé en me servant un grand verre.

Il était transparent et en forme de vase, sans anse.

Il contenait du thé noir, des glaçons et des *senko hanabi* aux étincelles crépitantes.

— Voici le « thé glacé au *senko hanabi* ».

— Vraiment ? ai-je dit, étonnée, en l'examinant attentivement.

Les feux d'artifice crépitaient au cœur même du liquide.

Comment était-ce possible ?

— Je fais infuser des feuilles de thé et des souvenirs, qui se déploient comme un feu d'artifice. Les étincelles crépitent, et lorsque la goutte de feu retombe, c'est le moment de savourer le thé, a déclaré le chat géant en me tendant une paille.

— Une infusion de feuilles de thé et de souvenirs…

La poésie de cette expression m'a donné le sourire.

Les jets d'étincelles couleur ambre qui fusaient dans le thé noir étaient d'une beauté incomparable.

J'ai longtemps observé mon verre, laissant mon esprit divaguer.

Des exclamations se sont fait entendre derrière moi, et je me suis retournée lentement.

Un petit garçon et une petite fille jouaient avec des feux d'artifice.

Des *senko hanabi*.

Près de la petite fille, un chien qui ressemblait à un shiba.

J'ai eu le souffle coupé.

C'était moi, autrefois. Avec mon petit frère et Rin…

À l'époque où j'étais à l'école primaire, nous nous amusions ainsi en été avec des feux d'artifice.

Derrière nous, j'ai distingué une ombre. Un homme adulte.

Sans rien dire, il veillait sur les enfants, se tenant à quelques pas d'eux.

C'était mon père.

Les feux d'artifice se sont éteints, mon frère et moi nous sommes remis debout, et mon père a rangé le matériel en silence, puis il est parti en nous devançant.

Je marchais à côté de mon frère, tenant Rin en laisse.

Mais oui ! Comment avais-je pu oublier ?

Je n'avais gardé en mémoire que les défauts de mon père.

J'avais effacé sa présence de tous les bons souvenirs où il nous accompagnait, comme celui-ci.

Les glaçons ont tinté dans mon verre.

La goutte de feu est tombée au fond du thé noir.

Au même moment, cette vision de nous enfants s'est évaporée dans un nuage de fumée.

Tout en ayant l'impression d'avoir été envoûtée, j'ai saisi ma paille et aspiré une gorgée du thé glacé au *senko hanabi.*

Il était épais, mais pas amer. Le goût légèrement sucré m'a rappelé celui du miel.

Cette saveur s'est déployée dans ma bouche, me tirant les larmes.

— … C'est délicieux, ai-je murmuré.

— Tant mieux, m'a-t-on répondu.

J'ai levé la tête et remarqué avec surprise que le chat noir avait pris place sur la chaise en face de la mienne.

— Excusez-moi, cette table a été réservée pour moi ?

— Oui, a-t-il dit, et ses beaux iris couleur améthyste ont étincelé.

— Comment saviez-vous que je viendrais ? Ai-je réservé sans le savoir ?

Le chat a doucement secoué la tête.

— Ce n'est pas vous. La réservation remonte à vingt et un ans. On nous a demandé de nous occuper de vous le jour de votre venue.

J'allais demander qui, mais j'ai gardé le silence.

Dans ma tête, sa silhouette s'est dessinée distinctement.

— C'est Rin ?

Le chat noir a ricané.

— Le nom de votre chien vient du mot « réincarnation », il me semble ? C'est un beau nom.

— Merci, ai-je dit, à la fois gênée et réconfortée.

Rin avait formulé ce souhait pour moi avant son décès.

J'ai été saisie d'un sentiment étrange.

— Ma famille va bientôt accueillir une nouvelle chienne, qui s'appellera Rin, elle aussi… Je me dis que ma chienne s'est probablement réincarnée, mais c'est un rêve impossible, n'est-ce pas ? ai-je demandé à faible voix, et j'ai ri pudiquement, tant cette scène paraissait elle aussi issue d'un songe.

Alors, le chat noir a plissé les yeux.

— Les réincarnations sont une réalité. Vous avez entendu parler des capacités que l'on hérite de nos vies antérieures, non ?

Je me suis souvenue de la femme aux cheveux blonds rencontrée sur le stand de voyance, et bien que déconcertée, j'ai acquiescé.

— Les gens se réincarnent en conservant les vertus accumulées au cours de leurs vies antérieures. Il arrive que les personnes qui ont commis des actes cruels se réincarnent en animaux. Et l'inverse est aussi possible.

— Vous voulez dire que des animaux renaissent en humains ?

— Oui. Les animaux qui ont reçu beaucoup d'amour de la part des humains peuvent renaître comme tels. S'ils le souhaitent, bien sûr. Nombre d'entre eux étaient des animaux de compagnie.

— Je vois, ai-je répondu en fixant le chat.

— Savez-vous pourquoi les animaux de compagnie émettent ce souhait ?

— Parce qu'ils envient notre vie quotidienne ?

Il a émis un léger rire.

— La majorité d'entre eux ne le pensent pas du tout. La vie des hommes est rude.

— Certainement.

— Ce n'est pas pour eux-mêmes, mais pour aider ceux qu'ils aiment. Ils sont vertueux dès le départ et souvent, ils ont des capacités exceptionnelles que les gens ordinaires ne possèdent pas. Nous désignons ces nobles existences sous le nom d'« enfants des étoiles ».

— Intéressant…

Et si Rin s'était réincarnée en humain ? ai-je songé. Et à cet instant…

— En effet, a confirmé le chat noir.

J'ai levé les yeux vers lui.

— Quoi ?

Au même moment, la voix d'Ayu, qui venait de réapparaître dans la salle de repos, m'a sortie de mes pensées.

— Maman !

Elle s'est dirigée droit vers moi.

Les paroles du chat noir, cette nuit-là, ont résonné dans ma tête.

« Votre chienne a reçu tant d'amour dans votre famille qu'elle a souhaité se réincarner en humain pour vous apporter son aide, à vous et votre famille. »

C'était comme si un *senko hanabi* avait crépité dans mon cœur.

— Ayu !

Rin s'était réincarnée pour m'aider.

Incapable de supporter ma souffrance de ne pouvoir être mère et d'avoir une famille déchirée, elle était revenue me soutenir.

— Merci, Ayu. Merci d'être là.

Je l'ai serrée bien fort dans mes bras.

— Tu t'es perdue ? a-t-elle demandé en me regardant avec surprise.

J'ai collé son petit front contre le mien.

— Oui… J'étais perdue.

Je l'avais vraiment été.

En vérité, non, j'étais plutôt restée immobile.

Sans doute par faiblesse.

Si j'avais été insatisfaite, j'aurais dû affronter mon père convenablement.

Nous aurions dû nous disputer franchement et confronter nos opinions.

Apeurée, je m'étais repliée sur moi-même et j'avais fui, voilà tout.

— Je vais mieux, à présent. On y retourne ?

Attrapant la main d'Ayu, je me suis levée.

— C'est par là, m'a-t-elle guidée avec énergie, pensant sans doute que je ne savais plus où se trouvait la chambre.

Elle était si adorable qu'elle m'a arraché un sourire.

— … Je crois que je sais qui tu étais dans ta vie antérieure, ai-je avoué.

Les yeux brillants, elle s'est tournée vers moi.

— Oh ! Qui ça ?

— Un ange.

— Papa m'appelle toujours « mon ange », alors tatie Satomi dit que c'est un papa poule.

Sa moue boudeuse m'a fait rire. Elle était déçue par cette réponse à mille lieues de celle qu'elle espérait.

Nous sommes retournées dans la chambre, et mon père m'a regardée avec embarras.

Quelques minutes auparavant, j'aurais hésité, mais plus maintenant.

J'étais aussi apaisée qu'une mer calme, sans un souffle de vent.

J'avais toujours attendu des excuses de sa part, mais bizarrement, là, je considérais que c'était à moi de m'excuser.

Nous étions désormais sur un pied d'égalité, alors peut-être que le moment de discuter était venu.

— … J'ai été choquée d'apprendre que tu étais tombé, mais je suis contente que tu n'aies rien de grave.

Mon père a écarquillé les yeux.

Il a voulu parler, mais a gardé les lèvres closes.

Son visage s'est empourpré, sûrement parce qu'il retenait ses larmes.

Il a tourné la tête et murmuré :

— Mais je ne pourrai pas me déplacer normalement sans rééducation. Je suis un poids pour la famille.

Aussitôt, Ayu s'est penchée vers lui.

— Alors il faut que tu t'accroches !

— Hein ? a lâché mon père.

— Parce que cet été, j'ai envie de faire des feux d'artifice sur la plage.

Il a tremblé de tout son corps.

— D'accord… ai-je cru entendre à faible voix.

— La vérité sort de la bouche des petits-enfants ! a dit ma mère en masquant son sourire d'une main. Accroche-toi !

Mon père, bougon, détournait toujours le regard.

Autrefois, je ne comprenais pas cette attitude.

Je me demandais avec crainte et colère pourquoi il était toujours de si mauvaise humeur.

Mais à présent, je sais qu'il était seulement mal à l'aise.

Sans que je m'en rende compte, j'étais devenue une adulte capable de regarder ses parents avec objectivité.

— Au fait, Papa… a commencé ma mère, lorsqu'on a frappé à la porte ouverte.

Nous nous sommes tous retournés d'un même mouvement.

S'y tenait un homme d'une quarantaine d'années. Mince, barbu, ses cheveux longs jusqu'à la nuque légèrement permanentés et noués à la va-vite en catogan.

Il était vêtu de manière décontractée mais avec style, d'un jean et une veste.

— Jiro…

C'était mon petit frère.

Après un rapide salut de la tête, il est entré dans la chambre.

— Papa, tu sembles en forme.

— Oui, a répondu mon père malgré son air dérouté.

— Plein de pensées m'ont traversé l'esprit, mais dans ce genre de situation, on s'inquiète malgré tout, a dit Jiro avec un petit rire.

Depuis leur dispute, il s'était toujours exprimé sans complexe de manière efféminée. Cela n'avait pas changé.

— C'est qui ? m'a demandé Ayu à voix basse.

Jiro avait évité de la rencontrer, au motif qu'il valait mieux qu'elle ne croise pas quelqu'un comme lui.

— C'est tonton Jiro, mon petit frère.

— Ah non… Ne m'appelle pas « tonton »… a-t-il lancé, l'air effaré.

Mais Ayu, sans en tenir compte, s'est approchée pour le saluer.

— Enchantée, je suis Ayu Ichihara.

— Oh là là, Ayu ! Ce n'est pas la première fois qu'on se rencontre ! On s'est vus quand tu étais bébé.

Jiro a posé le doigt sur le front de ma fille.

— Ben, je ne m'en souviens pas, a-t-elle répondu.

— Je m'en doute, a répliqué Jiro. Mais appelle-moi par mon prénom, pas « tonton Jiro ».

Il a ri en lui caressant la tête.

Mon père a toussoté.

— Jiro, a-t-il lancé en évitant son regard.

Mon frère s'est tourné vers lui.

— Oui.

— J'ai appris que tu allais te marier ?

Ça m'était sorti de la tête avec cette chute, mais l'annonce de ce mariage m'avait, moi aussi, abasourdie.

J'ignorais si mes parents étaient au courant. Visiblement, ils en avaient été informés avant moi, et même avant l'accident.

Le partenaire de Jiro devait être un homme, ce ne serait pas un mariage classique. Le choc avait dû être violent pour eux, bien plus que pour moi.

Peut-être était-ce l'une des causes de la mauvaise santé de mon père…

— Tout à fait, a répondu Jiro en hochant la tête.

— Je vois. Je m'inquiétais que tu finisses ta vie seul. Je suis rassuré que tu aies trouvé quelqu'un pour la passer à tes côtés.

Ces paroles m'ont laissée sans voix.

Mon frère semblait partager ma stupéfaction, car il restait figé, comme paralysé.

— Oh là là, je n'en reviens pas que tu me dises ça.

Pour dissimuler les larmes qui lui montaient aux yeux, Jiro a ri en s'enlaçant de ses bras.

— À vrai dire, la personne avec qui je vais me marier est ici. Est-ce que vous acceptez de la rencontrer ? a-t-il demandé avant de se tourner vers la porte.

Mes parents et moi avons échangé un regard.

— Non, Jiro. Ce serait un trop soudain… ai-je dit.

Discuter de cette personne était une chose, la rencontrer en était une autre.

N'était-il pas préférable d'éviter cela maintenant, pour s'habituer à leur relation petit à petit ?

Ma panique a fait sourire mon père.

— Elle est là, non ? Qu'elle entre.

De toute évidence, celui qui avait le plus changé pendant la période où nous avions rompu tout lien, c'était mon père.

Il s'était éloigné de ses propres enfants et du poste où il avait travaillé de longues années. Peut-être était-il celui d'entre nous qui avait le plus besoin de prendre de la distance pour réfléchir.

— Merci, a lancé Jiro avec le sourire, puis il a jeté un regard vers la porte. Désolé de t'avoir fait attendre. Tu peux venir.

Alors, une femme qui approchait la trentaine d'années est entrée.

Vêtue d'un tailleur bleu marine, elle apportait un panier de fruits comme cadeau de bon rétablissement.

J'avais déjà vu quelque part cette femme à l'air très intelligent.

— Oh ! C'est la dame qui a fait *Ryusei Angel* ! s'est écriée Ayu.

— Exactement, a répondu Jiro. Elle s'appelle Akari Nakayama. Elle est productrice pour une agence de production télévisuelle. Comme l'a précisé Ayu, elle a aussi travaillé sur *Ryusei Angel*.

Elle semblait particulièrement nerveuse, et le visage crispé, nous a salués de la tête.

— En… enchantée. Je suis Akari Nakayama.

Ébahis, nous l'avons saluée à notre tour.

Mon père était bouche bée, ma mère se tenait le front.

— Oh ! Comme Jiro est efféminé, a-t-elle dit, j'étais persuadée qu'il serait en couple avec un homme. Papa et moi, nous nous y étions préparés.

Mon père et moi avons été estomaqués d'entendre ma mère avouer ses pensées à haute voix.

Quant à Jiro, il a éclaté de rire.

— En vérité, j'ai déjà eu un petit ami.

Cette fois, c'est Akari qui a paru étonnée.

— Ah bon ? Mais tu m'avais dit que tu préférais les femmes ?

— Oui, au moment où tu m'as posé la question. Quand j'étais plus jeune, je me cherchais. Mais passé la quarantaine, j'ai compris que ce n'était pas une question de genre. Enfin, pour ce qui me concerne. Comme vous le voyez, Akari est intelligente, travailleuse et magnifique. Pour les femmes brillantes et irréprochables comme elle, les gens tels que moi sont des indésirables, mais elle m'a dit m'aimer tel que j'étais. Une personne comme ça, on veut forcément la protéger pour toujours.

Ses paroles dites sur un ton catégorique nous ont émues, ma mère et moi. Akari a baissé la tête, rouge comme une pivoine.

Mon père s'est adressé à elle avec amabilité.

— Akari, je vous confie Jiro.

Elle a regardé mon père droit dans les yeux.

— Merci. Moi aussi, je m'en remets à vous, a-t-elle répondu en s'inclinant profondément.

Au beau milieu de cette scène qui me réchauffait le cœur, Ayu m'a doucement pris par la main.

Elle levait les yeux vers moi, un sourire grand jusqu'aux oreilles.

— Maman, c'est super, hein ?

J'étais submergée par l'émotion et des larmes ont roulé sur mes joues.

— Oui, ai-je dit en lui caressant la tête.

Aussitôt, elle s'est précipitée vers Akari et lui a expliqué combien elle adorait *Ryusei Angel.*

Puis elle lui a raconté que nous accueillerions bientôt un chien à la maison, qui se nommerait Rin.

— Ah… a lancé Jiro, l'air pensif.

Autrefois séparée, ma famille, à cet instant, riait de bon cœur dans la même pièce.

Le simple fait d'être là m'a permis de réaliser combien je l'avais désiré.

J'ai observé Ayu discuter dans la bonne humeur, au milieu de tout le monde, et j'ai songé à ma chienne Rin.

Merci, ai-je pensé du fond du cœur.

ÉPILOGUE

Sous les étoiles qui scintillaient depuis des millions d'années, la vie des humains sur Terre était tissée d'un ensemble d'émotions et d'expériences. Tels la joie et la tristesse, mais aussi les malentendus et les rendez-vous manqués.

Les messagers des étoiles s'efforçaient un tant soit peu d'aider ces personnes en perte de repères.

En cette veille de Noël, l'équipe de messagers des étoiles, ses missions achevées, poursuivait sa fête de fin d'année sur le toit du musée de la sculpture Asakura.

— La famille de Junko doit passer un excellent réveillon.

Moi, Vénus, j'ai murmuré ces mots en savourant du « pop-corn de la pluie de météores ». Le mélange de sel et de caramel parfaitement harmonieux était irrésistible. C'était l'un des incontournables de notre soirée annuelle.

J'ai fermé les yeux, et les silhouettes des personnes que j'avais rencontrées me sont apparues.

La famille de Junko s'était agrandie, avec l'arrivée de Rin dans leur foyer.

Même si le père était moins libre de ses mouvements, il avait déjà quitté l'hôpital, il avait entrepris sa rééducation et était avec sa petite-fille.

Ils passaient le réveillon de Noël tous ensemble.

Satomi profitait, à cet instant même, d'un merveilleux moment en compagnie de son petit ami, et Koyuki était rentrée dans sa famille, en apportant le gâteau. J'ai imaginé le fort soulagement sur son visage d'avoir poussé une nouvelle porte. Il lui arriverait certainement de très belles choses à l'avenir.

J'ai ouvert les yeux.

— Au fait, Koyuki et Junko avaient toutes les deux la lune en Poissons, ai-je dit.

— Tout à fait, a répondu Luna à côté de moi.

Nous venions de discuter du fait que les caractéristiques du signe lunaire ne se voyaient pas de l'extérieur, contrairement à celles du signe solaire.

— C'est parce que le signe lunaire est immature que les indices qui permettent de découvrir son désir profond restent cachés, a complété Luna.

Je n'ai pas compris sa remarque, ce qui l'a fait sourire.

— Par essence, les Poissons sont tolérants, apaisants et pardonnent avec facilité.

— En effet.

— Les humains avec le signe solaire en Poissons font souvent preuve de tolérance. Non seulement avec les autres, mais aussi avec eux-mêmes…

— Pourtant, Koyuki et Junko, qui ont la lune en Poissons, ont eu du mal à pardonner, malgré une forte envie.

C'était leur désir profond, mais elles souffraient d'en être incapables.

— Exactement, a confirmé Luna. Même si les personnes avec la lune en Poissons le veulent deux fois plus que les autres, il arrive qu'elles ne le puissent pas, ce qui aggrave leur situation.

— Que faire dans ce cas-là ?

— D'abord, il faut se pardonner à soi-même. Accepter de ne pas réussir à pardonner aux autres, de leur en vouloir, d'être jaloux. Ensuite, comme les lois de la nature fonctionnent en miroir et que tout commence par soi, en étant indulgent avec soi, on parvient à l'être avec les autres. Mais il faut en prendre conscience, sans quoi on tourne en rond, et cela ne concerne pas uniquement ceux avec la lune en Poissons. C'est là toute l'ironie ! a expliqué Luna en riant, un peu gênée.

— Mais… ces femmes ont réussi à se pardonner, ai-je objecté.

— Oui, et heureusement.

— C'est clair, ai-je répondu avant d'admirer le ciel nocturne.

Habituellement, ce café ouvrait les soirs de pleine et de nouvelle lune.

Aujourd'hui, il était exceptionnellement ouvert pour le réveillon, sous une lune décroissante.

Ça m'a semblé bizarre, habituée que j'étais à observer un satellite complètement rond.

Si, comme l'affirmait Luna, la lune était immature, cela pouvait être lié à son instabilité, à ses changements de forme quotidiens.

Éclairée par la lumière du soleil, elle brillait enfin.

— Ah, j'ai compris ! ai-je lâché, le regard levé vers la lune.

— Quoi ?

— Le secret du signe lunaire.

— Hein ? s'est étonnée Luna, sourcils froncés.

— C'est parce qu'elle est instable et immature qu'elle brille grâce à la lumière du soleil.

— Que veux-tu dire ?

— Les personnes avec le signe lunaire en Poissons, par exemple, ne sont pas à la hauteur de celles avec le signe solaire en Poissons. Elles développent alors un complexe d'infériorité. Mais c'est pour cela que le soleil offre sa lumière à la lune, et donc, que ces personnes réussissent à prendre conscience de leur désir profond.

Luna était troublée.

« Offrir sa lumière. »

La méthode devait différer selon les cas.

Cela pouvait être se pardonner, ou encore s'accepter.

Car tout en évitant de regarder directement l'éblouissante lumière du soleil, la lune, en admiration devant l'astre du jour, brillait grâce à sa lumière…

Luna a répliqué « C'est possible », avant de détourner la tête pour cacher ses larmes.

Jupiter s'est intercalée entre nous deux.

— Quelle soirée magnifique. Trinquons encore !

Elle a brandi son verre et nous a enlacés, à la surprise de Saturnus.

— Tu aimes vraiment picoler !

— Boire tous ensemble, l'esprit léger, c'est un vrai bonheur. Enfin, c'est mon avis.

— Je le partage, a approuvé Luna avec calme, puis elle a regardé Saturnus. Toi, Sat', tu serais plus du genre à porter un toast à la mémoire d'un défunt qu'à fêter quelque chose !

— Luna, je n'aurais pas cru qu'un être aussi perspicace que toi puisse penser cela de moi…

— Désolée ! a-t-elle répondu en ricanant.

Le rire de Luna, elle toujours si détendue, était contagieux.

— Allez, trinquons, ai-je dit. Mais d'abord, Jupiter, tu veux bien nous donner la signification du violet fizz de Luna ?

— D'accord, a-t-elle lancé en riant d'un air amusé avant de poser le doigt sur le verre de Luna. Ce magnifique cocktail violet signifie « Ne m'oubliez pas ».

Luna a souri, et ses paupières se sont plissées délicatement.

— Ça me convient à merveille. Je le pense toujours.

— Vraiment ?

— Oui. Même lorsque je suis invisible les nuits de nouvelle lune, je veux qu'on sente ma présence, alors j'émets une puissante énergie.

Elle s'est exclamée « Santé ! » puis elle a porté sa boisson à ses lèvres.

— Attends-nous pour trinquer, quand même !

— Ce n'est pas bien grave !

Avec un rire, j'ai levé mon verre, puis j'ai savouré mon wine cooler.

— Luna, tu fais vraiment tout à ton rythme, a commenté Saturnus.

— Désolée ! a-t-elle répondu sans le moindre embarras.

Leur échange m'a fait sourire.

Dans le ciel étoilé, la lune et ses douces courbes ainsi que la Voie lactée étaient bien visibles.

Les étoiles scintillantes étaient telles des poissons nageant dans la Voie lactée.

POSTFACE DE L'AUTRICE

Merci d'avoir lu *Le Café secret des nuits de pleine lune : Bonnes résolutions.*

Ce roman se déroule à la fin de l'année 2020, mais je n'ai pas traité directement du nouveau virus, qui n'est que faiblement perceptible. J'avais envie d'oublier les masques et les distances de sécurité, au moins dans l'univers romanesque.

J'espère que vous le comprendrez.

Il s'agit d'une suite, mais commencer par celui-ci ne me semble pas problématique. Cependant, ceux d'entre vous qui auront déjà lu le premier tome, *Le Café secret des nuits de pleine lune*, en auront une meilleure compréhension et plus de plaisir de lecture. N'hésitez pas à le lire si ce n'est pas déjà fait.

Pour le premier tome, j'avais pour objectif d'écrire un texte qui permette aux lecteurs d'avoir une idée globale de ce qu'était l'astrologie occidentale.

J'ai été heureuse que de nombreux passionnés d'astrologie l'aient trouvé très facile à lire ou que cette lecture leur ait donné envie de chercher leur propre thème astral.

En revanche, ceux qui ne s'étaient jamais penchés sur le sujet ont eu des difficultés, puisque certains retours m'ont informée que les passages sur l'astrologie étaient trop obscurs.

J'en ai tenu compte pour ce tome-ci, et j'ai décidé de me limiter aux signes solaire et lunaire, ainsi qu'à l'ascendant. J'ai songé que c'étaient les premiers éléments que mes lecteurs devaient regarder sur leur thème astral afin de mieux se connaître.

Je voudrais attirer votre attention sur le fait que dans le monde de l'astrologie, il existe autant d'interprétations que d'interprètes. Dans ce livre, je vous propose ma propre vision du sujet, sous la supervision de l'astrologue Mme Eriko Miyazaki.

Certains s'étonneront peut-être que le propos développé ici diffère de l'interprétation qu'ils en ont. Il ne s'agira alors pas de savoir qui a raison et qui a tort.

Seulement de garder à l'esprit que je relate la mienne dans ce texte, que vous pouvez ignorer si elle ne vous convient pas.

Dans la postface du premier tome, j'avais résumé mes débuts dans l'apprentissage de l'astrologie occidentale. Quand j'y repense aujourd'hui, avant d'écrire ce second tome, ma principale motivation pour cette formation était mon désir d'améliorer mon avenir. En clair, je voulais que mes vœux se réalisent.

Pour cela, parallèlement à mon apprentissage, j'ai réfléchi à ce dont j'avais envie. Et étrangement, je ne trouvais pas mon désir profond.

« Pensez-vous qu'il soit réellement nécessaire de le *connaître* ? Est-ce que chacun ne le connaît pas déjà ? »

Les paroles de Vénus dans ce livre reflètent mes propres pensées à l'époque. J'étais persuadée de savoir quels étaient mes plus grands désirs.

Mais en vérité, ils n'avaient rien de profonds.

Ce que je considérais comme mes désirs : gagner au loto, réussir à faire un régime et être publiée. J'ai déjà évoqué l'erreur de jugement concernant le loto, alors je n'y reviendrai pas ici.

À propos de mon régime, j'espérais être belle une fois mince. Dans ce cas, il aurait fallu souhaiter non pas de réussir un régime, mais d'être belle. On s'écartait donc un peu de mon désir profond.

Pour ce qui est de la publication, je voulais que n'importe quel titre parmi ceux que j'avais publiés en ligne paraisse au format papier. Lorsque j'ai réfléchi à celui que j'espérais voir publié, je considérais que tel texte plaisait beaucoup, mais était trop long. Que tel autre était complexe, mais méritait d'être connu, puisque j'avais écrit tant de pages… Bien que ce soit plus une idée fixe qu'un désir, je n'arrivais pas à me décider.

Cela ne pouvait pas fonctionner ainsi. Il me fallait mettre de l'ordre dans mes désirs.

J'en ai conclu que je voulais être publiée, qu'importe l'ouvrage.

J'ai parcouru mes écrits. Même s'ils avaient tous été fortement plébiscités, je ne les imaginais pas en livres.

Alors j'ai décidé d'en écrire un nouveau, dans ce but. Mon texte a non seulement été primé, mais il est aussi devenu le premier d'une série.

Le premier pas vers un avenir meilleur est la découverte de son désir profond. Pour cela, il est indispensable d'écouter son cœur et de mettre de l'ordre en soi.

Le signe solaire, le signe lunaire et l'ascendant peuvent y aider. Surtout parce que le signe lunaire est le soi véritable, notre vraie nature, et à l'image des personnages de ce roman, c'est en les examinant que l'on parvient à mieux se comprendre.

Il existe diverses interprétations du signe lunaire en astrologie. À l'occasion de l'écriture de ce roman, je me suis aussi intéressée au mien, me permettant ainsi d'écrire un texte fidèle à moi-même.

Permettez-moi à présent de vous livrer quelques anecdotes liées à sa rédaction.

En vérité, j'ai reçu de mon éditeur la commande d'un tome deux, alors que je n'avais pas d'idée pour cette suite. Bien entendu, ce projet m'a ravie, mais j'étais un peu angoissée, puisque rien ne me venait en tête.

L'intrigue du premier tome se suffisait à elle-même. N'était-il pas délicat d'envisager une suite ? Ne devais-je pas éviter de rédiger un texte de qualité moyenne ? Devais-je plutôt refuser en me confondant en excuses ? …

Je ruminais ainsi, quand l'illustrateur Chihiro Sakurada a publié une nouvelle illustration du Café de la pleine lune : le « thé glacé au *senko hanabi* ».

J'ai été époustouflée. Elle était belle, magique et rappelait l'enfance.

À la vue de cette superbe illustration, une image a jailli dans mon esprit : la scène du chapitre 3, où apparaît le « thé glacé au *senko hanabi* », exactement comme je l'ai décrite.

Aussitôt, l'intrigue de ce second tome m'est venue dans les grandes lignes.

Il m'est aussi arrivé une chose mystérieuse : en rêve, j'ai reçu des conseils sur mon intrigue, qui m'ont aidée à la développer.

Maintenant que ce roman est achevé, je suis heureuse d'avoir pu rédiger une belle histoire dont l'atmosphère diffère du premier tome.

Je voudrais exprimer ma sincère gratitude auprès de toutes les personnes liées à ce roman, à commencer par Chihiro Sakurada, qui nous offre à nouveau de superbes illustrations, ainsi qu'Eriko Miyazaki, qui a une fois encore travaillé à la supervision de mon texte.

Je vous remercie du fond du cœur.

Et je souhaite que tous vos vœux ainsi que ceux de mes lecteurs se réalisent…

Mai Mochizuki

Les lecteurs ont aimé !

« Je me suis totalement laissé porter par cette lecture, découvrant les histoires entrecroisées des personnages. J'ai été séduite par l'ambiance et les thématiques abordées, et la plume est fluide et agréable, au point que j'ai dévoré ce livre en une soirée ! »

@my_littles_books_13

« J'ai été touchée par la plume de l'autrice, douce et poétique, et par toutes les références à l'astrologie qui ajoutent une atmosphère très céleste à la lecture. »

@princess_of_bookshire

« J'ai passé un délicieux moment. Ce roman choral est d'une véritable douceur et nous rappelle l'incroyable lien qui peut nous unir aux autres. L'univers de l'astrologie est très détaillé et on ressent l'intérêt de l'autrice pour le sujet. »

@leschroniquesdebere

« Quel joli roman ! L'astrologie justement dosée est au cœur du processus d'introspection des personnages, qui apprennent à s'écouter avant de pouvoir se tourner vers les autres. »

@ma_pause_livresque

« J'ai été touché par les personnages. J'ai trouvé leurs histoires intimes, fragiles et profondément humaines. J'ai aimé la façon dont elles s'entrelacent et se répondent. »

@laulettee_

« Ce livre se picore. Un très beau conte, parfait pour les fêtes de Noël accompagné d'un bon thé et de petits gâteaux ! »

@les__miscellanees_de_cookie

« J'ai passé un moment agréable, plein de douceur et d'astrologie. On sent que l'autrice s'est beaucoup renseignée. »

@floandbooks

IMPRIM'VERT®

Cet ouvrage a été imprimé en utilisant des papiers composés de fibres naturelles, renouvelables, recyclables et fabriquées à partir de bois issus de forêts qui adoptent un système d'aménagement durable. En outre, les fournisseurs de papier s'inscrivent dans une démarche de certification environnementale reconnue.

Achevé d'imprimer en septembre 2025
par CPI Bussière
À Saint-Amand-Montrond (18)
Dépôt légal : octobre 2025
N° d'impression : 2085303
Imprimé en France

L'imprimerie CPI Bussière est titulaire de la marque Imprim'Vert®